Mon frère de la planète des fruits

Du même auteur

Marmotte, roman, Shawinigan, Éditions des Glanures, 1998.
Louis Cyr, théâtre, Shawinigan, Éditions des Glanures, 1997.
Contes cornus, légendes fourchues, théâtre, Shawinigan, Éditions des Glanures, 1997.
Horresco referens, théâtre, Shawinigan, Éditions des Glanures, 1995.

PERRO

Mon frère de la planète des fruits

roman

LES INTOUCHABLES

Les Éditions des Intouchables bénéficient du soutien financier de la SODEC, du PADIÉ et sont inscrites au Programme de subvention globale du Conseil des Arts du Canada.

LES ÉDITIONS DES INTOUCHABLES
4674, rue de Bordeaux
Montréal, Québec
H2H 2A1
Téléphone : (514) 529-8708
Télécopieur : (514) 529-7780
intouchables@yahoo.com
www.lesintouchables.com

DISTRIBUTION :
Prologue
1650, boulevard Lionel-Bertrand
Boisbriand, Québec
J7H 1N7
Téléphone : (450) 434-0306
Télécopieur : (450) 434-2627
prologue@prologue.com

Impression : AGMV-Marquis
Infographie : Yolande Martel
Maquette de couverture : François Vaillancourt

Dépôt légal : 2001
Bibliothèque nationale du Québec
Bibliothèque nationale du Canada

ISBN 2-89549-028-7

Pour Charles, Andréanne et Gabrielle.
Pour Annie.

1

Je suis né avec un poisson rouge dans la tête. Je le déteste. Il me rend la vie difficile, cet obèse. Le moindre son qui entre par mes oreilles est avalé, mangé, dégusté, mastiqué et meurt dans d'horribles souffrances. Je n'entends rien à cause de lui. J'ai mis du temps à comprendre pourquoi je ne comprenais rien. Au départ, si j'avais eu le choix, j'aurais dit non. J'aurais dit: «Je ne veux pas de celui-là, donnez-moi quelque chose de moins paresseux, de moins gras et de moins puant.» Imaginez l'odeur qu'il peut parfois y avoir dans ma tête. C'est insupportable. Le poisson, c'est dégoûtant! Mes idées puent tellement que je m'empoisonne souvent moi-même. Je fais une crise aiguë de quelque chose et je me mets à baver partout. Les autres débiles me regardent en se moquant et c'est l'infirmière au gros derrière qui vient me calmer.

En ce moment, il nage. Je le sens bien. Il fait des cercles dans ma tête. Il tourne en rond. Il attend un son. Il chasse. Il a faim. Je le sais, j'ai appris à le connaître avec le temps. Au début, je ne savais pas trop. Je pensais que ma grosse tête, c'était un cadeau du ciel. Un genre d'extra. Mais non, à la longue je me suis aperçu que j'avais un bocal à la place de la tête. Non, pas un bocal. Disons plutôt un aquarium. Un poisson, ça vit dans l'eau? J'ai donc une tête d'eau. Une grosse tête pleine d'eau où s'agite cet égoïste. Je suis incapable de parler à cause de lui. Il mange tout, complètement tout. Quand j'ai envie de dire quelque chose, avant même que mes lèvres bougent, il a déjà tout avalé. Il est vorace.

Ma tête est grosse. Un peu comme si j'avais deux têtes. Comment dire ?... deux boules de crème glacée dont une aurait un peu fondu pour bien se caler sur celle qui est en dessous. Comme je n'ai pas de cheveux, on pourrait dire que je suis imberbe. Sauf sous les bras, sur les jambes, sur mon sexe, sur les fesses et aussi dans le dos. Je suis un imberbe sélectif de son poil. Je n'ai rien sur la figure. Pas de barbe ni de moustache, pas de favoris, de sourcils ou de cils. C'est encore à cause du poisson. Il mange mes poils par la racine. Il a toujours faim ! Par contre, je suis assez fier de mes veines. J'ai deux beaux tuyaux qui se gonflent sur mon crâne quand je force. Je le sais parce que, aux toilettes de l'étage, il y a un miroir dans lequel je peux me voir. Chaque fois que je force, mes veines se bombent et dessinent de jolies marques. Je deviens complètement rouge à force de forcer.

Les gens disent que je suis laid. Apparemment, je suis vraiment laid. Tellement laid que les visiteurs qui me voient pour la première fois ont des expressions de dégoût. Je n'entends rien parce que je suis sourd comme un pot et je ne peux rien dire parce que je suis muet comme une carpe, mais je ne suis pas aveugle comme un non-voyant quand même ! Je suis capable de voir dans les yeux des gens ce qu'ils pensent de moi. Leurs nerfs se tendent, leur bouche s'ouvre légèrement et je vois l'air sortir de leurs poumons. Comme un souffle, comme un coup de vent, ils expirent pour mieux inspirer, pour mieux reprendre le contrôle afin d'agir avec moi comme si j'étais normal. Mais je ne suis pas normal et voilà pourquoi ils expirent. Parfois même, dans leurs yeux, je vois la peur. Les pupilles se dilatent et les glandes envoient une bonne dose de sueur. Je ne les entends pas mais je les sens, je les respire. Généralement, après plusieurs visites, ils commencent à m'observer plus attentivement. Ils font semblant de regarder ailleurs mais, du coin de l'œil, c'est ma tête qu'ils regardent. Je me mets alors à forcer. Je force comme aux toilettes et mes veines se gonflent. Elles sont là, généreuses, prêtes à exploser. Les curieux ont alors un rictus de dégoût, une contraction de la mâchoire qui en dit long sur la taille de mes veines. Après, ils me laissent tranquille.

Mon poisson se promène encore. Il y a du mouvement dans l'aquarium. Un coup de queue, de nageoires, il se déplace, il attend un gros son bien gras pour se l'avaler tout rond. Si je pouvais, j'installerais un hameçon avec, au bout, un appétissant appât. J'aime bien cette combinaison : appétissant appât. Ensuite, j'attendrais qu'il morde. Comme à la télévision. Les pêcheurs lancent des fils avec un appétissant appât accroché à l'hameçon. À tous coups, ils sortent un poisson de l'eau, qu'ils grillent et mangent ensuite. Je rêve de faire la même chose avec le mien. Une fois mon poisson éliminé, j'entendrais enfin ce que les visiteurs disent de moi quand ils font semblant de ne pas parler de ma tête. J'aimerais pouvoir leur dire que, moi aussi, je les trouve laids, je les trouve gros et qu'en plus ils sont incapables d'avoir deux veines comme les miennes. De toute façon, j'ai mieux à faire. Je cherche comment me débarrasser de mon poisson. Je ne dois pas penser trop fort parce qu'il peut entendre. Mais, quand il chasse, il est moins attentif, il a moins d'influence sur mes hallucinations.

Un jour, j'ai presque réussi à l'avoir. J'avais décidé de le faire bouillir. J'ai complètement plongé ma tête dans la grande marmite de soupe. Je m'étais enfui de la salle commune où tout le monde écoutait la télévision en attendant le dîner. J'ai pris l'escalier qui mène à la cuisine et comme il n'y avait personne en vue, je me suis lancé la tête la première dans la casserole chaude. Surprise, poisson ! Il a fait un de ces bonds ! Il nageait dans tous les sens, il sautait, il devenait fou, puis quelqu'un est arrivé et m'a sorti de là. J'ai voulu résister mais je ne suis pas tellement fort. J'avais des nouilles dans le cou, sur les oreilles et plein la bouche. Les cuisiniers s'activaient autour de moi en hurlant. Sur ma langue, il y avait un léger goût de tomate. Je me suis réveillé à l'étage des malades, la tête enveloppée comme une momie.

Il existe toutes sortes de façons de capturer un poisson. Je m'en vais regarder la télévision, ça donne de bonnes idées.

2

J'habite dans une maison de débiles. C'est une belle maison en pierre, une grande maison avec plusieurs étages. Au rez-de-chaussée, il y a la cuisine et une vaste salle à manger, puis une petite chapelle où je fais régulièrement saigner l'homme sur la croix. L'étage au-dessus, c'est celui des malades. Si un débile attrape un rhume, se plante une fourchette dans la main ou encore s'il se frappe trop fort la tête contre le mur, c'est là qu'il va se reposer. Sur le même étage, il y a aussi une section spéciale où habitent les enfants débiles. Puis au troisième, ce sont les vrais débiles ! C'est là que j'habite avec les autres imbéciles qui ne comprennent jamais rien à rien. Nous avons chacun notre petite chambre. En plus de la grande salle commune, il y a un coin pour regarder la télévision. Tous les murs sont blancs. Le blanc est très important parce que ce n'est pas une couleur. Les couleurs énervent trop les débiles, et un débile qui s'énerve trop est difficile à contrôler même s'il est bourré de pilules, de jolies pilules de toutes les couleurs.

Tout autour de la maison, il y a un immense jardin entouré d'une très haute clôture en fer. Il y a des dizaines et des dizaines d'arbres, trois bancs, un étang, deux canards, un cabanon, un endroit pour s'enfuir, un gardien qui ouvre et ferme la grande porte, des infirmières qui fument, un jardin où il ne pousse rien, mais ce n'est pas grave parce que ça fait du bien aux débiles de jouer dans la terre, de la pelouse, une grande table, douze chaises pour que tout le monde de mon étage puisse s'asseoir quand nous mangeons à l'extérieur, une balançoire, des animaux en plastique, une glissoire et un carré de sable où je n'ai pas le droit d'aller parce que je ne suis plus un enfant débile, mais un adulte débile un point c'est tout. Parfois, dans la cabane du jardin, il y a l'homme en noir de la petite chapelle et l'infirmière au gros derrière qui font du jardinage.

Tous les matins, on mange des pilules et des céréales. À midi, il y a des pilules, de la viande et des patates. Au repas du soir, des pilules avec de la viande et des légumes. Dans la soirée, on a toujours une collation de fruits avec une pilule pour dormir. Il y a des pilules tout le temps, ici. Plus je mange de pilules, plus je peux contrôler mon poisson. Il y a aussi les injections. Je n'aime pas me faire piquer les fesses. Je préfère les pilules, elles sont colorées et c'est facile à prendre. Un jour, le pape s'est approché de moi et il a échangé ses pilules avec les miennes. Il en avait très peu et, moi, j'en avais beaucoup ! Le pape a failli exploser ! Il vomissait partout, il criait et il tremblait en se bavant sur le menton. Les infirmières l'ont vite descendu à l'étage des malades. Le docteur lui a sauvé la vie. Moi, j'ai bien dormi, c'est tout.

Dans la vie, mon travail, c'est le rien-du-tout. Je suis un spécialiste du rien-faire. Je contrebalance. Comme tout le monde va trop vite, je dois tirer sur l'autre côté du temps pour équilibrer les choses. C'est-à-dire que je regarde par la fenêtre les gens qui courent et les automobiles (j'aimerais avoir une automobile à moi) qui passent à toute allure. Si j'avais une automobile à moi, je la conduirais tranquillement, doucement, en prenant mon temps. La meilleure façon de ralentir le rythme, c'est de rester immobile dans le fauteuil de la salle commune. Parfois, je m'y installe le matin et je peux y rester presque douze heures en ligne. Je ne fais rien. Je fixe le vide. Le vide est de l'autre côté de la fenêtre. Ce n'est pas exactement le vide, mais qui peut dire ce qui est vide et ce qui ne l'est pas ? Je reste là et je fixe. J'essaie de bien faire mon boulot, c'est tout. Je suis comme ça, moi, un perfectionniste. Jamais je n'hésite à ralentir le monde même si je dois aller manger. L'infirmière au gros derrière n'insiste pas. Elle me laisse finir mon travail. Lorsque je quitte mon poste, je dois m'assurer que le monde ne s'emballe pas et ne recommence pas à tourner à toute vitesse. Je le calme, je lui parle. Je lui dis dans ma tête : « Eh, le monde ! détends-toi... respire, ça va passer... Va regarder la télévision... voir les émissions que tu aimes, ça va te détendre... Demain matin, le monde, ne prends pas trop de café... ce n'est pas bon pour toi, tu deviens trop rapide et, moi, j'ai beaucoup de mal à te ralentir... Bon, allez, je te laisse... » Voilà ! Après et seulement après que j'ai pris soin de le rassurer, je peux manger, bouger et le laisser un peu à lui. Le soir, il m'arrive d'être épuisé. Je dors mal, je tourne sans cesse sous mes couvertures, je me demande comment ira mon travail le lendemain. Certains matins, quand je m'aperçois que le monde m'a bien écouté, qu'il n'a pas pris trop de café, je lui laisse une journée libre, sans moi. Je me dis qu'il a bien mérité des petites vacances, mais, au fond, c'est surtout pour le valoriser. Je veux que le monde constate qu'il peut vivre sans qu'on s'occupe de lui. Mais il est trop anxieux pour comprendre. Peut-être que, dans quelques années, il finira par ralentir de lui-même. De toute façon, je ne suis pas là pour porter des jugements sur lui, mais bel et bien pour faire le contrepoids.

Je suis tellement bien dans le fauteuil lorsque je travaille à ne rien faire. Il est mou et les coussins épousent toutes les formes de mon corps. Au moins, j'ai de bonnes conditions de travail. Pour travailler pendant douze heures sans se blesser, il faut avoir le bon matériel ! Quand j'étais petit, je me posais des questions. Je me demandais comment faire pour être utile, pour prendre ma place. Je ne faisais rien et le faisais sur mon lit, par terre et même debout. Puis j'ai gravi lentement les échelons. Lorsque j'ai découvert le fauteuil, ma vie a changé. J'ai tout de suite su que mon avenir était là. Mon avenir était entre les bras du fauteuil. Plus tard encore, j'ai eu mon premier bonus. L'infirmière au gros derrière m'a offert une couverture pour me mettre sur les genoux. À ce moment-là, j'ai compris l'importance de ma tâche. Je venais encore de monter un échelon dans le contrôle du monde. Ma dernière promotion sera certainement le fauteuil roulant. Lorsque j'y parviendrai, ma carrière sera complète. Un parcours sans faute!

Je dois avouer que je suis merveilleusement bien assisté dans mes fonctions. L'infirmière au gros derrière m'apporte régulièrement à boire ou à manger. Je refuse presque tout parce que je n'ai pas de temps à perdre avec des futilités, mais quand même ça fait plaisir de se sentir aussi bien appuyé. Parfois, l'infirmière au gros derrière vient me parler. Je ne réponds pas. Même si je le voulais, je ne peux pas, alors pourquoi m'en faire avec ça? Il y a toujours mon poisson qui mange chacun des sons qui entrent dans mes oreilles. C'est le silence, le silence de ma fonction. Certains travaillent dans le bruit; moi, je travaille dans le silence. Je veux aussi faire comprendre aux gens que je ne perds pas mon temps. Par ma fenêtre, je vois le monde et je le ralentis. Ce n'est pas donné à tous de faire ce boulot. Faut être patient, avoir confiance en soi, être disponible, mais, surtout, il faut une concentration hors du commun. La contemplation est quelque chose de sérieux qu'on n'a pas le droit de prendre à la légère. J'ai aussi des comptes à rendre au poisson. Je ne suis pas là pour perdre mon temps. J'ai un ordre du jour à respecter, des objectifs de ralentissement à atteindre. Régulièrement, il me pose des questions auxquelles je dois précisément répondre. Si je ne satisfais pas l'obèse, je risque de perdre mon fauteuil et de retomber au lit. Encore pire, je pourrais devoir contempler le monde debout et plus jamais je n'aurais l'espoir d'arriver jusqu'au fauteuil roulant. Ralentir le monde me donne beaucoup de stress. Tous les jours, je dois prouver que je suis utile et que je remplis bien mes fonctions. La vie est difficile. Je me dis parfois que tout cela ne sert à rien, que le monde ne ralentira jamais. L'important, c'est la foi. Il faut croire à ce qu'on fait pour que les choses changent. J'ai les qualités de ma fonction, j'en suis bien conscient.

Le mois dernier, j'arrive devant mon fauteuil et qu'est-ce que je vois ? Quelqu'un assis à ma place, ma couverture sur les genoux. J'entendais mon poisson rire. C'est son activité préférée, rire de moi. Je le connais bien, l'obèse. Dès qu'il en a la chance, il me ridiculise. Sans faire ni une ni deux, j'ai saisi une chaise et, de toutes mes forces, je l'ai balancée sur la gueule de mon rival. Je l'ai sérieusement blessé. Faut savoir réagir lorsqu'on tente de voler votre position. Des centaines de personnes aimeraient bien avoir mon siège, mais une place comme la mienne ne se donne pas, elle se mérite. Si un jour j'ai mon fauteuil roulant, je céderai volontiers l'autre, mais pas avant. Il faut rester prudent et se méfier de ceux et celles qui tournent un peu trop autour de vous. J'avoue que ce n'était pas très gentil de ma part, mais l'urgence de mon travail motive chacune de mes actions. Je suis comme ça, moi. Je prends à cœur ce que je fais. Il y a encore des taches de sang sur le fauteuil. S'il faut punir des gens pour que le monde ralentisse, je suis prêt à assumer les conséquences de mes actes. Jérémie le mongol, le voleur de fauteuil, a eu le nez cassé. Ah, je ne l'ai pas raté ! L'infirmière au gros derrière m'a enfermé dans ma chambre pendant une semaine, mais j'avais justement besoin de vacances. Elle m'a servi de bonnes pilules et j'ai très bien dormi. J'ai ensuite repris mes fonctions comme si rien ne s'était passé. Jérémie est maintenant mon ennemi, mais bon, il y a toujours des gens qui ne comprennent pas l'importance de la stabilité au boulot. Depuis qu'il a pris la chaise sur la gueule, Jérémie me verse souvent du jus d'orange sur la tête. Je ne me fâche pas. Je continue patiemment à ralentir le monde. Je sais qu'il est tout simplement jaloux parce que même s'il peut parler et entendre, jamais il n'aura les capacités voulues pour accomplir mon travail. Il passe devant moi, me verse son jus d'orange sur la tête, me fait des grimaces et me donne parfois des coups de pied. Mais il suffit que je bouge un peu, que je respire plus fort pour que Jérémie se sauve en poussant des cris d'horreur. Je ne les entends pas, ses cris, mais je sens les vibrations. Encore mieux, quand je n'arrive plus à supporter sa présence autour de moi… je force. Je gonfle mes veines. Je deviens tellement laid qu'il s'enfuit à toutes jambes. Les grands hommes ont toujours des trucs pour diriger les imbéciles.

3

Je viens d'ailleurs. Mon frère me dit souvent que je viens de la planète des fruits. Il vient me voir tous les dimanches. C'est mon chauffeur. Il m'amène dans son automobile, il me fait voir le monde que je dois ralentir. Avec lui, je travaille sur le terrain. Je regarde par la vitre et je vois défiler les gens. Le monde sait que je suis là, alors il me craint un peu. Sans travail ou presque de ma part, il ralentit de lui-même et prend son temps. Je fais de longues promenades avec mon frère et il me parle sans cesse. Il n'arrête pas de me raconter des tas de choses. Il sait que je n'entends rien, mais il parle quand même à cause de la vibration. Je penche la tête légèrement sur le côté pour bien sentir sa voix me caresser. C'est doux. Mon frère sait que j'aime ça, alors il continue de parler. Je voudrais lui répondre mais mon poisson mange chacun de mes mots. Je le déteste! C'est à moi que mon frère parle et c'est l'obèse qui en profite. Je vais finir par m'ouvrir la tête avec un couteau pour le sortir de là. J'ai vu quelque chose comme ça à la télévision. Si j'arrive à trouver un couteau assez tranchant, je le ferai. Ce n'est pas une mince tâche, d'aller chercher un couteau, parce qu'on me surveille tout le temps. Depuis l'histoire de la soupe bouillante et de la chaise sur le nez de Jérémie le mongol, on me fait moins confiance. Il y a toujours un œil posé sur moi.

Quand mon frère parle, j'arrive parfois à comprendre ce qu'il me dit grâce à la vibration. J'ai compris que je viens de la planète des fruits à force de sentir les mots résonner sur ma tête. Je ne me trompe jamais. La planète des fruits se trouve à côté de la planète du chocolat qui est celle de mon frère. Je le sais parce que chaque fois qu'il vient me voir, il m'offre du chocolat. C'est tellement bon ! Jamais je n'en mange à la maison. Mon frère me donne parfois des petites boules de toutes les couleurs avec du chocolat à l'intérieur. C'est tellement bon ! Le chocolat est comme la vibration de sa voix, à mon frère. C'est doux. J'aime mon frère. Je me sens bien avec lui. J'aime beaucoup mes lunettes de soleil aussi.

L'autre jour, nous nous sommes arrêtés devant une petite maison à deux étages. C'était une jolie maison de briques jaune sale. Mon frère m'a parlé longtemps devant cette maison. Je pense que c'est là que je suis tombé de la planète des fruits. Sur la planète, il y a un arbre. Quand les fruits sont mûrs, ils tombent. Je ne me souviens de rien. Mon poisson mange presque tous mes souvenirs. Quand il n'a plus rien à manger, il tourne en rond, cherche une proie et attrape parfois un morceau de souvenir pour se nourrir. À un moment, mon frère s'est arrêté de parler. Il est sorti de l'automobile et s'est assis sur le capot en s'allumant une cigarette. Comme je n'avais rien à faire et que ma vitre était baissée, mon frère m'a aussi allumé une cigarette et me l'a placée dans la bouche. Elle était là qui pendait entre mes lèvres et je ne savais pas quoi faire avec. Je l'ai regardée brûler. Nous avons fumé une cigarette devant la petite maison jaune sale à deux étages. Le soleil était chaud. Autour, le monde continuait à prendre son temps. Des enfants jouaient, des passants passaient. Il y avait des cordes à linge partout. Un garçon s'est arrêté, m'a regardé et il s'est mis à rire de moi. Je devais être drôle à voir avec ma grosse tête et ma cigarette qui pendait. Calmement, mon frère s'est approché et il lui a donné un coup de pied au cul, puis il est rentré dans l'automobile, m'a tendu un morceau de chocolat et il a fait redémarrer son automobile verte.

Il parlait, parlait, parlait et parlait, mon frère. La vibration était tellement douce que je me suis endormi. Quand nous sommes rentrés, il faisait nuit. Jamais auparavant nous n'étions revenus si tard d'une promenade. En sortant de l'automobile, il m'a serré très fort dans ses bras, tellement fort que j'ai senti les veines de ma tête se gonfler sans même que je force. Nous étions devant la maison où j'habite et travaille. Des larmes coulaient sur les joues de mon frère. Il a glissé quelques morceaux de chocolat dans ma poche sans que personne le remarque. Ensuite, il est retourné dans son automobile, il a démarré et m'a envoyé la main. D'habitude, il me donne un bon coup de poing sur l'épaule, il sourit et s'en va sans m'envoyer la main. Je n'ai pas bien compris pourquoi cette fois-là il m'a envoyé la main.

4

Il paraît que ce ne sont pas tous les détergents qui lavent bien. Il y en a qui lavent plus blanc. Je l'ai vu à la télévision. On présente une publicité où la femme trouve que son détergent ne lave pas bien. Une autre femme arrive et lui montre son détergent à elle. La première femme compare et elle sourit. Je dois avoir vu cette publicité cent fois avant de comprendre le message. La propreté est importante et le choix de son détergent est grave. Si la télévision le dit, c'est parce que c'est vrai. Les gens qui dorment dans des draps propres sont plus heureux que les gens qui dorment dans des draps sales. Maintenant, je sais que Sophie la fourchette dort dans des draps sales, sinon elle serait heureuse. Elle n'aurait pas toujours l'air débile. Avant de devenir aveugle, Sophie pouvait voir si ses draps étaient propres. Maintenant qu'elle ne voit plus rien, elle ne peut pas savoir si elle est heureuse. Sophie se pose la question. Tous les jours, elle se parle et se répond. Elle se demande : « Est-ce que mes draps sont propres ou non ? » Puis elle se répond : « Je ne sais pas, je suis aveugle ! Comment je peux le savoir, puisque je ne peux rien voir ? » Elle se parle ainsi, du matin au soir.

C'est une vraie débile, Sophie la fourchette. Elle est maigre comme un spaghetti. Les femmes ont des seins. Pas elle. Certaines femmes ont de longs cheveux roux qui volent dans le vent. Pas elle. Ses cheveux sont noirs et droits. Ils sont aussi raides que des spaghettis avant cuisson. On dirait qu'ils sont toujours mouillés. Par contre, sa peau est blanche comme un drap lavé avec un détergent qui lave bien. Je la regarde souvent. Elle se ronge les ongles comme c'est pas possible. Plusieurs fois, l'infirmière au gros derrière lui a mis sur les mains un produit qui a un mauvais goût. Cela n'a rien changé. Sophie la fourchette continue de se ronger les ongles et aussi les doigts. Parfois, elle a du sang sur la bouche à force de ronger. Elle se tache complètement de sang, alors on lui attache les mains à sa chaise. Une vraie débile. Chaque fois qu'elle est attachée, Jérémie se promène autour d'elle en pétant. Je ne sais pas pourquoi il fait ça. C'est le plus débile de tous les débiles qui vivent dans cette maison ! Je ne comprends pas non plus pourquoi il se masturbe tout le temps. Aujourd'hui encore, alors que tout le monde était dans la grande salle, il a baissé son pantalon, puis il s'est mis à se masturber, comme ça, sans raison. Il ferait n'importe quoi pour se faire remarquer. L'infirmière au gros derrière l'a vite arrêté en lui pinçant l'oreille. Elle l'a envoyé dans sa chambre où il a sûrement continué son nettoyage de pénis. Au moins, personne ne l'a vu trop longtemps à l'action. Jérémie a un lapin dans la tête. À bien y penser, j'aime mieux vivre avec un poisson obèse qu'avec un lapin en rut.

Moi, je pense que Sophie la fourchette est exactement comme la publicité du détergent qui lave plus blanc. Au début, quand on la regarde, on se dit qu'elle est débile, c'est tout. En réalité, Sophie est un drap sale attendant le bon détergent qui la fera resplendir. Voilà. À la base, elle est blanche, mais c'est le détergent qui fera véritablement voir la couleur de son drap. Pour l'instant, il y a trop de saleté sur elle pour qu'on puisse la voir correctement. Si on enlève toute la crasse, c'est la plus belle fille du monde, même si elle n'a pas de seins et que ses mains sont vraiment écœurantes. Mais quand on l'observe longtemps, il est facile de constater qu'elle est tissée finement. Sophie a partout sur le corps de la dentelle douce et délicate. C'est un tissu tellement délicat qu'il se brise au moindre coup. Sophie a encore plus de traces de seringue que de grains de beauté. Elle est trouée de partout et, bientôt, plus rien d'autre ne la tiendra debout que les cicatrices des aiguilles sur sa peau. Ses bras et ses jambes sont couverts de marques. C'est comme si des centaines d'abeilles l'avaient piquée. Elle est ici depuis peu de temps. Je pense que c'est quand elle a perdu ses yeux qu'elle a aussi perdu la tête. Le monde va trop vite et ce n'est pas tout le monde qui peut suivre le rythme. C'est pour ça que je suis là. Je dois ralentir le monde pour que tous trouvent leur place sans trop s'essouffler ni se briser.

J'aimerais bien lui parler, à Sophie la fourchette. Si mon poisson me le permettait, je lui dirais que ce n'est pas le détergent qui fait la blancheur du drap parce que tous les draps sont blancs à la base. Je lui dirais qu'elle n'a pas à se ronger les doigts pour se faire remarquer, qu'elle n'a pas besoin de prendre exemple sur Jérémie. J'aimerais lui dire que lorsqu'elle entre dans la pièce commune, j'ai du mal à faire correctement mon travail. Je dois surveiller le monde, mais c'est vers elle que mes yeux se tournent. Je lui dirais que c'est une vraie débile mais que ce n'est pas grave, il y a pire. Je pourrais aussi lui dire que ses cheveux ne sont pas roux dans le vent, mais qu'ils sont juste assez raides pour me faire penser à de la réglisse noire. Il y a beaucoup de choses que j'aimerais lui dire.

5

Tous les dimanches, après le bain, nous allons à la petite chapelle. Nous sommes tous beaux et propres dans nos habits les plus neufs. Après la petite chapelle, c'est l'heure des visites. C'est toujours à ce moment que mon frère arrive dans sa grosse automobile verte pour venir me chercher. En le voyant, je salive. J'ai une envie de chocolat qui se transforme en une cascade de salive. Je n'ai plus de père ni de mère, juste un frère. J'avais une sœur aussi. Il y a longtemps. Ils sont tous partis.

À la petite chapelle, je fais souvent le même jeu. Je regarde intensément l'homme qui est cloué sur la croix. Je le regarde tellement intensément que j'arrive à le faire saigner. D'un peu partout, sur son corps et sur ses mains, coulent de longues traces rouges de sang. Je le fais suer aussi. Il bouge la tête de droite à gauche et si je me concentre bien, j'arrive à entendre la vibration de ses cris de douleur. Il a beau se tordre comme une anguille pour se délivrer, il reste cloué à la croix. Je vois sa poitrine se gonfler, il respire difficilement. Ses jambes tremblent et ses mains le font terriblement souffrir. Tous les dimanches, je fais mourir l'homme sur la croix. Je suis le seul à le voir se tortiller. Les autres ne voient absolument rien. Il fait son spectacle pour moi et pour moi seul. Il arrive qu'après la célébration tout le plancher de la chapelle soit recouvert de sang. Il y en a aussi sur les murs et sur les vêtements des gens. Il n'y a que moi qui voie tout. C'est mon poisson rouge qui s'amuse avec moi. Je le connais bien. Il prend un malin plaisir à me faire voir des choses qui n'existent pas.

Quand j'étais petit, mon poisson faisait apparaître des anges. J'en voyais partout. Je voyais aussi des dizaines d'autres choses que les autres ne voyaient pas. Je peux encore sentir exactement l'émotion des gens. Je peux savoir une foule de choses en un seul regard posé sur eux. Je vois la couleur de leur énergie. Je prends justement des médicaments pour mieux contrôler mes hallucinations. La vie est beaucoup plus calme depuis qu'ils ont trouvé comment me calmer le cerveau. Mon poisson rouge ne s'en porte pas plus mal. Il dort beaucoup plus mais, malgré toutes les pilules que je prends, il se réveille toujours quand j'entre dans la petite chapelle. Mon poisson et moi aimons bien faire saigner l'homme sur la croix. C'est peut-être la seule et unique chose que nous réussissons bien ensemble.

À la petite chapelle, je me confesse. Je ne dis rien, puisque je ne parle pas. J'entre dans le placard, je m'agenouille et j'attends que la petite fenêtre s'ouvre. Chaque fois, l'homme en noir derrière la petite fenêtre est surpris de me voir. Sa figure prend tout de suite une drôle d'expression. Normal, je fais exprès de forcer. Je le regarde et je force. Avec moi, c'est toujours très rapide, la confession. Il ouvre la petite fenêtre, il sursaute, fait un signe et referme la petite fenêtre. Je lui fais peur. J'aime beaucoup lui faire peur.

Un jour, alors que je cherchais un couteau tranchant pour m'ouvrir la tête, je suis entré dans la petite chapelle. J'ai vu des pieds sous le rideau du confessionnal. Il y avait quatre pieds donc deux personnes parce qu'on n'a jamais plus que deux pieds. Je me suis approché lentement pour les surprendre. J'ai ouvert brusquement le rideau et j'ai vu l'homme en noir, presque complètement déshabillé, avec l'infirmière au gros derrière. Elle était à genoux devant lui, son pénis dans la bouche. Quand les yeux de l'homme en noir se sont posés sur moi, il a eu vraiment peur ! L'infirmière a tout de suite arrêté son traitement et m'a repoussé brutalement. Avant même d'ouvrir le rideau, j'étais déjà en train de forcer pour faire un meilleur effet. Mes veines étaient bien gonflées ! Depuis ce jour, chaque fois que je vois l'homme en noir, je force.

Je suis chanceux d'habiter ici parce que, tous les jours, je vois le pape. Il se promène du matin au soir en bénissant les âmes des débiles. Sa principale occupation est de lire des prières à voix haute. Je le vois faire. Le pape ouvre un des magazines qu'on trouve dans la salle commune et il récite des prières. Il a une voix très puissante parce qu'il y a de grosses vibrations. Il est plus jeune que le pape de la télévision mais, quand même, je pense qu'il fait bien son travail. Je l'aime parce qu'il ne représente pas une menace pour mon fauteuil et ma couverture. Le pape ne veut pas me voler ma place, il a mieux à faire. Il m'a baptisé au moins soixante et une fois et j'ai reçu des centaines de bénédictions. Le pape ne vient plus à la petite chapelle parce qu'il essayait tout le temps de prendre la place de l'homme en noir. Lorsqu'il se sauvait de sa chambre ou de la salle commune, on le retrouvait toujours en train de prier derrière l'autel. On lui interdit maintenant l'accès à la petite chapelle. C'est un débile profond !

Sophie la fourchette ne peut pas voir le pape. Elle ne supporte pas ses discours et ses bénédictions à répétition. Quand on ne l'attache pas, il arrive à Sophie de se lever brusquement et de foncer sur lui. Elle lui plante ses dents dans le bras et il se met à hurler. Et là, tout le monde panique ! Jérémie baisse son pantalon, danse, hurle et commence sa masturbation. Des débiles se mettent à pleurer et d'autres, à crier. C'est la guerre. C'est le bordel. C'est l'agitation. C'est la confusion. C'est la folie. C'est la panique. C'est la merde. Les tables et les chaises volent dans toute la pièce. On frappe des mains, on encourage ! Les infirmiers arrivent et séparent Sophie et le pape. Tout le monde a alors droit à une pilule rouge pour les nerfs sauf moi.

Quand il y a de l'action, je reste assis dans mon fauteuil, enveloppé dans ma couverture. Je dois les ralentir, c'est mon travail. Quand les esprits s'échauffent, je ne m'en mêle pas, mon poisson déteste être dérangé.

6

C'est dimanche et mon frère n'est pas encore arrivé. J'ai envie de manger du chocolat et mon frère n'est pas là. Je ne sais pas quoi faire. Je suis assis sur le banc dur, loin des arbres, près d'une poubelle, les pieds dans l'herbe, habillé avec mes vêtements les plus neufs et j'ai près de moi, juste à côté, l'infirmière au gros derrière qui tricote. Je sais qu'elle me surveille pour ne pas que je me sauve. Mais c'est inutile, puisque je n'ai nulle part où aller. Je sais comment m'enfuir mais je ne le ferai pas. De toute façon, une tête comme la mienne se repérerait facilement. Il commence à être tard et mon frère n'est toujours pas là. J'ai bien travaillé toute la semaine et j'aimerais bien aller me balader dans son automobile verte. D'ailleurs, si je ne me montre pas, le monde va penser que je l'abandonne, que je me fiche de lui ou que j'ai changé de boulot! Il faut que mon frère arrive maintenant. Ce n'est pas pour moi, c'est avant tout pour mon travail. Aussi, je pense aux promotions, le fauteuil roulant et tout! Comment savoir si j'ai bien ralenti le monde quand je ne peux même pas aller vérifier sur le terrain? Et puis, il y a le chocolat. J'ai mangé depuis longtemps celui qu'il avait glissé dans ma poche l'autre jour. Il ne reste plus rien.

Le temps est long. Peut-être qu'il n'a pas pu venir à cause d'un contretemps. Ce sont des choses qui arrivent à tout le monde. Même si je ne me rappelle pas qu'il ait déjà été en retard, ça ne veut pas dire qu'il ne peut pas l'être. Peut-être a-t-il eu un accident. Quand le monde va trop vite, il arrive souvent des accidents. Il y a beaucoup d'accidents.

Peut-être a-t-il oublié qu'on était dimanche. Pourtant, mon frère n'oublie jamais rien. Je me souviens d'une fois où nous étions dans l'automobile, lui et moi. J'avais oublié que c'était le jour de mon anniversaire mais pas lui. Il m'a tendu une boîte enveloppée dans du papier de toutes les couleurs et avec un joli ruban jaune aussi. J'ai regardé longtemps la boîte avant de la déballer. Elle était tellement belle ! Doucement, j'ai enlevé le papier sans le déchirer. Mon frère me souriait. Dans la boîte, il y avait des lunettes de soleil. Des lunettes identiques à celles que lui-même porte toujours. Des lunettes spéciales pour les balades en automobile et pour les dimanches ensoleillés. De véritables lunettes pour les promenades en automobile ! Tous les dimanches, je les porte. Aujourd'hui, c'est dimanche.

Je l'attends encore. Le soleil se couche et mon frère n'est pas là. Je vais devoir rentrer bientôt. Je ne dois pas être dehors quand il fait noir. C'est dangereux, la noirceur. Je le sais, je l'ai vu à la télévision. Je ne sais pas quoi faire. Je soupire. L'infirmière au gros derrière me regarde et fait non de la tête. Je ne sais pas pourquoi elle fait non, je ne lui ai rien demandé, moi ! Voilà qu'elle me parle maintenant ! Elle peut bien parler si elle veut, je n'entends rien. J'ai envie de lui dire : « Ferme ta gueule, la grosse, j'attends mon frère ! » Mon poisson rigole. Il sait que mon frère ne viendra pas et il se moque de moi. Il dit que mon frère a mieux à faire. Que je suis tellement laid que mon frère ne peut plus me voir. Que, dans la vie de ceux qui naissent avec une vraie tête et non pas avec une poire, les priorités changent. Ce qui veut dire que ce qui est important un jour ne l'est plus le lendemain. J'étais peut-être important la semaine dernière mais, aujourd'hui, je le suis moins. Mon poisson se marre. Je fixe au loin le soleil qui tombe. Je vais devoir enlever mes lunettes de promenade.

7

Il paraît que j'ai failli mourir. Je suis dans un lit à l'étage des malades. L'étage des débiles, c'est le dernier. C'est celui d'où on ne peut pas sauter parce qu'il y a des barreaux aux fenêtres. Je me rappelle que j'ai voulu faire sortir mon poisson. Je le déteste. Il riait, il riait, sans jamais s'arrêter. Je me suis frappé la tête contre le mur pour briser le bocal. Je l'ai fait une fois, puis comme il riait toujours, je l'ai refait deux fois, trois fois, quatre fois peut-être. Il a cessé de rire pendant quelques minutes. Je l'ai ébranlé. Mon poisson a compris que je pouvais briser son aquarium. Il a eu peur. J'aurais pu m'arrêter là, j'aurais pu aller me coucher et dormir, il avait eu sa leçon. Mais je craignais qu'il ne recommence à rire. J'en ai tellement marre de lui ! Il mange tout et ne me laisse rien. Une fois rassasié, pour passer le temps, il me nargue. C'est de sa faute si je n'entends rien. C'est à cause de lui si je ne peux rien dire non plus. Je le déteste. J'ai frappé encore une fois le bocal sur le mur, puis une autre fois. Et encore un autre coup, un autre et un autre, toujours plus fort, toujours plus vite. Mon poisson a été pris de panique. Il s'est mis à tourner en rond, à chercher un endroit pour se cacher. J'ai senti le bocal se fendre. Il y avait beaucoup de sang sur le mur. Je me frappais la tête, encore et toujours, sans arrêt. Je voulais qu'il sorte de là. J'étais fatigué de ne rien comprendre, fatigué du silence, fatigué de ne pas pouvoir parler, fatigué de l'entendre rire, fatigué jusqu'à vomir, fatigué à mourir. Il y avait du sang partout. Comme lorsque je fais saigner l'homme sur la croix. Je continuais encore et encore. Mon poisson a tellement eu peur qu'il a mangé, d'un seul coup, ma conscience. Voilà pourquoi je ne suis plus à l'étage des débiles et qu'on m'a transporté à celui des malades. J'ai fichu la frousse à mon poisson. D'ailleurs, je ne le sens plus bouger. Il ne se moque plus de moi non plus. Il est calme et se repose dans les profondeurs de mon aquarium.

Dans le lit à côté du mien, il y a Sophie la fourchette. Elle est sûrement ici parce qu'elle s'est coupé les poignets : ils sont enveloppés dans un bandage bien serré. Elle a l'air très calme. Elle dort. Les infirmières de l'étage des malades l'ont attachée à son lit. Sophie la fourchette n'a peut-être pas de seins, mais elle a du nerf. Je pense qu'elle donne du fil à retordre à tout le monde. Je comprends qu'elle ait pu se faire mal, elle ne voit rien, elle est aveugle. Je la regarde. Il y a un avantage à regarder quelqu'un qui ne voit pas. Une aveugle ignore qu'elle est observée, alors elle ne sait pas si la personne qui la regarde est laide. Les gens n'aiment pas que je les regarde. Je suis tellement laid que je leur fais peur. Je suis une atteinte au bon goût. Mais comme Sophie est aveugle, je ne la menace pas. Avec elle, je peux me contenter. Je vois sa poitrine qui se gonfle doucement lorsqu'elle respire. Je vois un peu sa cuisse. Je vois aussi ses épaules, son nez, il est petit, ses grandes oreilles et ses cheveux raides.

Aujourd'hui, en mangeant une pomme à l'heure de la collation, j'ai croqué dans un ver. J'en ai avalé la moitié. D'un coup de dent, je l'ai coupé en deux. Je me suis demandé ce qu'un ver pouvait bien faire dans une pomme. Après tout, ce n'était pas sa place. Quand je suis allé à la pêche avec mon frère, les vers étaient tous dans un bocal. Nous devions les planter sur de petits crochets en fer. Celui-là, je l'ai regardé longtemps, une moitié bougeait encore dans la pomme. J'ai compris que c'était un message de la planète des fruits. Dans la pomme, il y avait quelque chose à comprendre. Comme je n'arrivais pas à voir ce que ce message pouvait bien être, la moitié du ver est sortie de mon estomac pour l'expliquer. J'ai vomi.

Il y avait, sur la planète des fruits, une poire qui se sentait très seule. Tombée par terre, loin de ses amis, il lui était impossible de remonter dans l'arbre pour les rejoindre. Incapable de bouger, la poire attendait qu'il se passe quelque chose. C'est alors que, apercevant un ver, elle s'est dit qu'il pourrait peut-être devenir son ami. Comme la poire ne parlait pas la langue des vers, elle a attendu patiemment que le lombric la remarque.

Un jour, en la frôlant, le ver s'est rendu compte de la présence de la poire. Lui aussi se sentait très seul et cherchait quelqu'un pour lui tenir compagnie. Ils sont tout de suite devenus amis. Le ver a creusé un trou dans le fruit et en a fait sa maison. Tous deux étaient incapables de se parler, de discuter, de se comprendre, mais ce n'était pas grave. La poire et le ver n'étaient plus seuls. Le fruit avait dans son cœur un joli petit animal qu'il pouvait aimer. Pour survivre au pied de l'arbre, loin de tous, ils avaient besoin d'être ensemble.

Moi, je suis la poire et Sophie la fourchette est le ver. Avec elle, je ne serai plus seul.

8

Je sais maintenant où se trouve la planète des fruits. Je le sais exactement. Pour que je passe le temps, en attendant que ma tête guérisse et que mon poisson se réveille, les infirmières qui s'occupent de l'étage des malades me prêtent des livres avec des images. Je ne sais pas lire, alors, les images, c'est très important. Dans un des livres, on explique tout au sujet de la planète des fruits. Complètement tout. Il y a un petit garçon qui porte un grand manteau bleu-vert et qui a une épée à la main. Il a les cheveux jaunes et on dirait qu'il est fragile. Sur une autre page, il est sur une planète vraiment minuscule. Cette fois, il est habillé en vert et il a un nœud papillon rouge pour faire plus joli. Je pense que son manteau et son épée sont pour les grandes occasions seulement. Sur cette planète, il y a un volcan, quelques fleurs et un arbre. Sur une autre page encore, on voit le petit garçon qui déracine l'arbre avec une pelle. Il est toujours habillé en vert mais, cette fois, il a enroulé un long foulard jaune autour de son cou. Sa planète est vraiment toute petite et elle est entourée d'étoiles. On voit aussi le soleil au loin, mais pas ses rayons. Sur l'image suivante, il y a trois gros arbres qui prennent toute la place. Ils sont immenses et leurs racines recouvrent toute la surface de la terre. C'est la planète des fruits. Dans ses arbres, il pousse des poires. Ce sont des arbres à poires. Lorsqu'une poire est prête, lorsqu'elle est mûre, elle se détache de l'arbre et tombe dans l'espace. Certaines se perdent, d'autres n'atterrissent nulle part et plusieurs finissent par arriver sur la terre. Comme moi. C'est comme ça que je suis arrivé sur la terre dans la maison de briques jaune sale. Ce que je ne comprends pas, c'est comment un poisson a réussi à pénétrer en plein cœur de ma poire ? Peut-être qu'il y est depuis toujours. Peut-être que ce sont les poissons qui remplacent les pépins dans les poires de la planète des fruits. C'est possible, après tout. Dans le livre que les infirmières m'ont prêté, il y a une foule de planètes. Il y en a une avec un roi assis sur son trône, une autre avec un type bien habillé et un long chapeau, une autre avec un homme assis à une table recouverte de bouteilles. Il y en a encore d'autres dont une avec un lampadaire. J'aimerais bien pouvoir arriver à lire ce livre. Peut-être qu'il parle de moi. Mais personne ne peut m'en faire la lecture, je suis sourd comme un pot.

Je vais garder ce livre. On ne sait jamais, peut-être que j'en aurai besoin un jour pour expliquer d'où je viens. Je devrais le montrer à mon frère pour qu'il me dise si la planète avec les arbres immenses est bien la mienne. Je ne sais plus quel jour on est. Peut-être dimanche. Je n'ai pas pris mes lunettes de soleil pour la promenade en automobile. Elles sont dans ma chambre à l'étage des débiles. J'espère que mon frère les prendra avant de venir me chercher ici. J'ai un plâtre sur la tête mais ça ne fait rien, je peux quand même faire une promenade. Je ferai attention pour ne pas réveiller mon poisson et tout ira bien. Avec la leçon que je lui ai donnée, il va maintenant y penser à deux fois avant de rire de moi.

Je regarde encore la petite planète avec ses trois gros arbres. Je devais être heureux quand je vivais là-bas. Tous les fruits doivent se parler et jouer ensemble avant d'être mûrs et de finalement tomber. Je devais avoir beaucoup d'amis là-bas, des amis aussi laids que moi. Ensemble, nous devions nous moquer des autres planètes autour. Il y avait sûrement la planète des mongols d'où vient Jérémie.

Une planète où tout le monde aime les filles qui ont des gros seins. Je suis fier de ma planète. Elle est belle comme un drap blanc lavé avec le bon détergent. Elle est belle comme un ver qui entre doucement dans le cœur d'une poire. J'ai hâte de montrer l'image à mon frère. Il va sourire et me parler pendant des heures de ma planète. J'ai tellement envie de chocolat.

9

Le pape est venu me voir aujourd'hui. Il a trempé ses doigts dans mon verre d'eau et m'a béni en m'aspergeant. Encore une bénédiction ! Il a béni tous les malades, mais pas Sophie la fourchette qui dort encore. Je pense que le pape n'en revient pas encore de s'être fait mordre. Il y a des choses qu'on n'arrive pas à digérer dans la vie ; moi, c'est le fromage ; Sophie, c'est le pape. En réalité, je ne connais pas le véritable nom de Sophie la fourchette. Je l'appelle ainsi parce que la première fois que je l'ai vue, elle venait de planter sa fourchette dans la main de l'infirmière au gros derrière. Depuis ce jour, on lui donne des couverts en plastique pour manger. Comme elle ne voit rien, je suis certain qu'elle pense que nous mangeons tous avec des couverts pareils aux siens. Elle est la seule à toujours faire des pique-niques parce que, les couverts en plastique, on les utilise habituellement quand on pique-nique près des cascades. Parfois, mon frère m'y amène le dimanche. Il apporte des plats avec toutes sortes de bonnes choses dedans. Il sourit en me regardant manger et il fume des cigarettes pendant que je dévore tout, complètement tout. Quand il y a du gâteau au chocolat, je commence toujours par ça et, ensuite, j'attaque le reste. Il m'arrive de manger tellement que je m'endors immédiatement après. Je me laisse tomber dans l'herbe sur le dos et je dors. C'est mon frère qui me réveille pour jouer au baseball. Je n'aime pas beaucoup ce jeu parce que je ne suis jamais capable d'attraper la balle. Mon frère me la lance mais elle ne tombe jamais dans ma main. Il suffit que je place ma main à un endroit pour que la balle arrive en dessous ou au-dessus. Je n'aime pas ce jeu mais je joue quand même pour faire plaisir à mon frère. Après tout, je dois aussi m'occuper de lui, participer à ses jeux et faire semblant de l'écouter même si je ne comprends rien. Je fais aussi de longues promenades en automobile avec lui alors que j'aimerais beaucoup mieux rester ici et ne pas le voir. J'aimerais ne plus jamais le voir parce que je suis fatigué de lui. Il fume beaucoup trop et, moi, je déteste la fumée de cigarette. Je déteste aussi ses lunettes de soleil et je n'aime pas vraiment le chocolat non plus. Si j'en mange, c'est pour lui faire plaisir, pour lui montrer que j'apprécie ses cadeaux. Je n'ai pas besoin de mon frère. C'est lui qui vient tout le temps me chercher pour me faire participer à ses activités ! Moi, je ne veux pas y participer, à ses activités ! Je veux rester dans mon fauteuil pour ralentir le monde. C'est mon boulot après tout. J'ai bien d'autres choses à faire que de passer mon temps avec lui dans sa vieille automobile. J'ai un rôle important et je ne veux pas me faire déranger par n'importe qui, surtout pas par la famille.

J'espère pour mon frère qu'il ne viendra pas dimanche prochain. Il n'est pas venu voir ma tête dans le plâtre alors pourquoi est-ce que je voudrais le voir, moi ? Je ne m'intéresse plus à lui et je vais faire signe à l'infirmière au gros derrière de le renvoyer si jamais il se présentait ici. J'ai un ami, le pape. J'ai un ennemi, Jérémie. C'est tout ce dont j'ai besoin. Pour le reste, je passe ma vie au boulot et cela me satisfait. Je ralentis le monde et je le fais bien. Je suis un spécialiste dans mon domaine et peu de gens sont capables d'en faire autant. Aucun être humain n'a besoin d'un frère qui ne vient pas le chercher depuis deux semaines. Maintenant, je suis allergique au chocolat et je ne peux plus en manger. Sauf, peut-être, le gâteau au chocolat… parce que…

parce que ce n'est pas du vrai chocolat, ce n'est que du gâteau !

Je suis encore à l'étage des malades mais quand je retournerai à l'étage des débiles, je ne ferai plus rien d'autre que ralentir le monde. Je ne veux plus voir mon frère, je vais couper les liens. Je vais... je ferai... je... Je me demande ce qu'il peut bien faire en ce moment...

10

À l'étage des malades, Sophie la fourchette occupe le lit à côté du mien. Nous couchons presque ensemble ! Pendant qu'elle dormait, ce matin, je lui ai pris la main. Elle était couchée sur le dos, le bras tendu à l'extérieur du lit. Au bout de son bras, il y avait sa main. Une petite main avec de petits doigts. Je me suis levé, j'ai placé une chaise tout près et je me suis assis. Je n'ai pas eu à me déplacer beaucoup, sa main était presque sous mon nez et, longtemps, je l'ai regardée. Elle a cinq doigts, je les ai comptés. Au bout de chacun de ses doigts, il y a de petites cicatrices. À force de ronger ses ongles jusqu'au sang, c'est normal qu'elle ait des marques. On voit aussi de petites plaies qui attendent de devenir des cicatrices.

Dans la paume de sa main, il y a de belles grandes lignes fines. J'ai vu à la télévision qu'il y a des gens qui connaissent le langage des lignes. Ce sont généralement des femmes laides et grosses qui savent lire les lignes de la main. Elles ont des rideaux sur la tête et elles parlent, elles parlent sans arrêt en faisant de grands signes. Ces femmes-là ont toutes un air sérieux, une figure sinistre. C'est pas le genre de Jérémie. Lui, il les aime blondes en maillot de bain et avec une grosse poitrine. Chaque fois qu'il en voit une à la télévision, il se met à crier. Je n'entends pas sa voix mais ses vibrations me dérangent. Il monte sur sa chaise, il pointe la télévision du doigt et il retire ses vêtements en exécutant une danse étrange. L'infirmière au gros derrière est obligée de le calmer, de le prendre par le bras pour le rasseoir. Je ne comprends pas pourquoi Jérémie danse en faisant rouler son bassin, en nous montrant ses fesses avec les doigts dans la bouche comme s'il léchait une sucette. Il est très bizarre.

Pour revenir aux lignes de la main de Sophie, elles sont longues et belles. Si je pouvais lire les lignes de la main, je dirais que Sophie est une personne douce. Par contre, elle a fait dans sa vie plusieurs mauvais choix qui la tracassent tous les jours un peu plus. Voilà pourquoi elle ronge ses ongles jusqu'au sang. Elle regrette d'avoir gâché sa vie. Je peux dire également qu'elle aimerait partir loin pour ne plus revenir. Je le sais à cause de son pouce. Elle se ronge les autres doigts mais pas le pouce. Un pouce sert à voyager. Si elle ne voulait pas voyager, elle rongerait aussi son pouce. Au cours de mes promenades en automobile avec mon frère, j'ai souvent vu des gens lever le pouce pour qu'on les amène. Mais quand les voyageurs aperçoivent ma poire, ils n'ont plus envie d'embarquer avec nous et restent là, sur le bord de la route. Comme mon travail consiste à ralentir le monde, c'est normal que les gens qui veulent partir changent d'idée quand ils me voient et restent sur place. Je les ralentis.

Doucement, j'ai pris la main de Sophie la fourchette dans la mienne. Sa main est douce comme une publicité de papier-toilette. En la touchant, j'ai senti une décharge électrique dans tous mes membres, de la tête aux orteils. Tous les poils de mon corps quasi imberbe se sont mis au garde-à-vous, mon général. J'aurais voulu mourir, tellement j'étais bien. Comme mon poisson était déjà dans le coma depuis longtemps, toute cette électricité dans le bocal l'a presque tué. C'était son deuxième gros choc en très peu de temps. Mon cœur a pris la direction des opérations. Je le sentais battre. À chacun des coups, j'étais de plus en plus essoufflé. Je me sentais comme la fois où j'avais couru jusque dans la cuisine, pour me mettre la tête dans la marmite pleine de soupe à la tomate. Sa main dans la mienne, je ne savais plus quoi faire. Tout était calme autour. Les autres malades dormaient encore. Le soleil commençait à se lever. J'ai jeté un coup d'œil sur la table de chevet pour voir s'il n'y avait pas une fourchette. Je voulais m'assurer que si Sophie se réveillait, elle ne me la planterait pas dans la main. Et puis, soudain, elle a bougé. J'ai vu son petit corps se tourner vers moi. Elle a souri. J'ai vu ce que personne n'a jamais vu dans la maison. J'ai vu son sourire. Elle est devenue encore plus belle qu'une publicité de détergent qui lave plus blanc. Encore plus belle que toutes les filles en maillot de bain qui ont des gros seins. Le monde s'est complètement arrêté. Pendant quelques secondes, elle a réussi à faire ce que j'essaie d'accomplir depuis des années. Avec un seul sourire, elle a complètement arrêté le temps. Je ne pouvais pas y croire. C'est elle qui mérite mon fauteuil, qui mérite ma couverture.

Sophie s'est tournée vers moi. Doucement, son autre main est venue se poser sur la mienne. Ses deux mains étaient sur ma main ! J'ai cru que tout mon corps allait exploser. J'ai oublié mon frère, j'ai oublié le chocolat. C'est à ce moment qu'elle s'est réveillée. Ses lèvres ont bougé mais je n'ai rien entendu. Sophie avait la tête sur l'oreiller, ses cheveux raides dans la figure. Même si j'avais pu entendre quelque chose, je n'aurais rien compris, j'étais ailleurs. J'étais encore mieux que dans l'automobile de mon frère. Encore mieux qu'au bord de la rivière aux cascades. J'aurais voulu que rien ne bouge, qu'on reste ainsi pour l'éternité. Sophie la fourchette a soupiré. Un soupir de bonheur et de sérénité. J'ai eu un peu de son souffle dans la figure. Le vent intérieur de Sophie est venu caresser mon visage. Puis elle a retiré ses mains pour les ramener sous sa couverture et s'est rendormie. Je suis resté longtemps assis à ses côtés pour la regarder dormir. Il n'y a rien de plus beau au monde que Sophie la fourchette qui dort.

11

Sophie la fourchette a reçu une visite. Comme elle dormait, je pense qu'elle ne s'est aperçue de rien. C'est un clown qui est venu la voir. Un clown bizarre mais un clown quand même. Il avait les cheveux rouges, des dizaines d'anneaux dans les oreilles, d'autres dans le nez, les sourcils et les lèvres. J'en ai même vu un au bout de sa langue. Il était tout vêtu de noir. Son odeur ressemblait à celle d'une moufette écrasée sur la route. Il puait vraiment, ce clown. Il puait tellement que je ne comprends pas pourquoi Sophie la fourchette ne s'est pas réveillée. Tous ses vêtements de clown étaient troués, sûrement pour laisser passer l'odeur. Il avait des chaînes autour du cou et des jambes. Des petits bouts de métal, comme des verrues, sortaient de son blouson noir. Ses cheveux rouges n'étaient pas frisés, non, ils étaient plutôt pointus et dans les airs. Vraiment raté, ce clown ! En plus, il avait les paupières maquillées en noir. Pas sérieux du tout, ce clown ! Comment peut-on arriver à faire rire les gens quand on est habillé comme ça ? Moi, j'aime mieux les clowns de la télévision.

J'imagine le drame : Sophie la fourchette se réveille. Quelqu'un lui dit qu'il y a un clown pour elle. Elle est heureuse, puis l'odeur la frappe. Comme elle est aveugle, elle ne peut pas le voir mais, l'odeur, ça, elle peut la sentir ! Un clown qui pue ! Et si quelqu'un lui décrit l'allure de son clown, elle tombe dans les pommes, c'est certain !

Le clown n'a pas fait de numéro comique. Difficile de faire rire, il n'avait même pas de nez rouge ! On peut être un clown sans porter de nez rouge ? C'est pas possible. C'était quoi, son numéro plate ? Rester assis sur une chaise et regarder Sophie la fourchette avec un air de Jérémie le mongol quand il se masturbe. Il ne savait même pas quoi faire ! Il n'avait rien préparé comme numéro et c'était navrant de le voir. Comme je suis généreux et que j'aime aider les gens, je me suis levé doucement. Je dis « doucement » parce que, avec ma tête de momie dans le plâtre, je perds parfois l'équilibre. Je dois marcher en gardant le dos droit parce que le poids de mon aquarium fendu me fait basculer vers l'avant ou l'arrière. Ça fait longtemps que je n'ai pas eu de nouvelles de mon poisson. Il est peut-être mort. J'ai peut-être réussi à le tuer après tout.

Je me suis rendu dans la salle de jeux où les enfants débiles s'amusent. Je sais qu'il y a là un gros coffre rempli de jouets. Quand j'étais petit, j'aimais beaucoup m'enfermer dans ce coffre. Je pouvais y rester pendant des heures. Dans la pénombre, je fixais longtemps les jouets et ils se mettaient à danser autour de moi. Des rondes de poupées, de camions, de crayons de cire, de marionnettes et de dinosaures en plastique ! C'était tellement beau ! Les infirmières me connaissent, là-bas. D'ailleurs, tout le monde me connaît partout. À l'étage des malades, à l'étage des débiles et à l'étage des enfants débiles, je suis très connu. C'est normal, je suis ici depuis tellement longtemps ! Toutes les infirmières savent que je ne suis pas dangereux comme certains autres débiles. Je ne me suis fâché qu'une seule fois et c'est lorsque j'ai frappé Jérémie avec la chaise. Pour le reste, je suis un débile normal avec un poisson obèse dans la tête.

Je ne suis pas toujours débile, je suis parfois lucide. Quand mon poisson s'endort, je réfléchis beaucoup sur moi. Je suis prisonnier ici depuis mon enfance. Je ne sortirai probablement jamais de cette maison parce que je suis trop laid et que je fais peur aux gens. Je me dis que la seule personne qui acceptera peut-être de devenir ma femme est Sophie la fourchette parce qu'elle ne me voit pas. Je me dis aussi que le temps est long entre les dimanches où je sors avec mon frère. Si je mourais là, tout de suite, mon frère pourrait occuper ses dimanches à autre chose. Il pourrait passer ses dimanches avec quelqu'un d'autre que moi. Il pourrait avoir des enfants et les amener faire des pique-niques au bord de la rivière aux cascades. Peut-être que ses enfants sauront attraper une balle. Peut-être qu'il m'a tué dans sa tête pour vivre un peu sans moi. Je comprends que je ne suis pas le frère idéal. Je ne peux pas être un bon frère pour lui parce que je suis pris ici, je travaille ici, je vis ici, je mange ici, je dors ici et je vais mourir ici. Je ne peux pas vivre à l'extérieur. Je ne suis pas adapté. Le monde va trop vite et je ne peux pas le comprendre. Si un jour j'arrivais à ralentir vraiment le monde, je pourrais enfin sortir. Je le comprendrais ; donc, je pourrais m'adapter. Depuis des années, je travaille pour sortir d'ici, mais je n'y arrive pas. On dirait que le monde se moque de moi et, malgré tous mes efforts, je n'arrive jamais à rien.

On m'a placé dans un cercueil dont le couvercle s'ouvre et se referme tous les dimanches. On m'a placé ici quand j'étais petit, et je m'enfermais dans le coffre à jouets parce que je ne voulais pas grandir ici, je ne voulais pas vivre avec les infirmières. J'ai vite compris que cette maison serait la mienne jusqu'à ma mort. Je voulais retourner sur la planète des fruits, ma planète. J'espérais que les jouets finiraient par m'étouffer, par aspirer tout l'air du coffre. Je les faisais danser pour qu'ils m'étouffent, pour qu'ils me volent l'air, pour qu'ils me tuent. Je n'ai pas réussi. Les jouets ont de trop petits poumons.

Je suis donc arrivé dans la salle de jeux où les enfants débiles s'amusent. J'ai ouvert le coffre, j'ai pris le nez de clown et je suis retourné près du lit de Sophie la fourchette. Le clown était encore là. Il regardait Sophie avec un drôle d'air. Une figure qui se demandait comment cette femme avait pu arriver jusqu'ici, dans ce lit ? Une attitude qui voulait dire : « Je ne te reconnais pas. » Une expression qui disait : « Toi et moi, c'est fini. » Une mimique qui racontait une histoire : « Tu es maintenant une débile aveugle, je suis un clown qui pue, adieu Sophie. »

Lorsqu'il m'a vu, il a sursauté. Heureusement pour lui, je ne pouvais pas lui faire le coup des veines gonflées. J'aurais eu beau forcer, il n'aurait rien vu à cause du plâtre qui entoure ma tête. Il y avait de la peur et de la confusion dans ses yeux. Je l'ai regardé sans rien dire. Normal, je ne parle pas. Puis je me suis approché doucement et j'ai posé le nez de clown sur son nez à lui. Il était paralysé, il ne savait pas quoi faire, il ne pouvait plus bouger. Je l'ai regardé, je lui ai fait un signe de la tête pour qu'il comprenne qu'il était bien mieux ainsi et je me suis couché dans mon lit, juste à côté de celui de Sophie.

Le clown est parti très vite en laissant mon cadeau sur la petite table. Je suis allé reprendre le nez et me le suis mis au milieu de la figure. Tous ceux qui m'ont vu avec mon « costume » ont éclaté de rire. Voilà ce qu'est un vrai clown !

12

Il était tard dans la nuit quand elle s'est réveillée. Elle a crié. Je le sais, j'ai senti les vibrations. Assis sur la chaise à côté de son lit, j'avais sa main dans la mienne et j'attendais que le soleil se lève pour aller dormir. Je ne veux pas prendre la main de Sophie la fourchette en pleine lumière. Je ne veux pas lui faire honte. Je ne veux pas qu'on dise que j'ai une petite amie. « Un débile, c'est tellement charmant quand c'est en amour. » Les autres vous regardent avec des petits sourires mièvres qui me donnent envie de vomir. C'est toujours dans ces moments-là que mon poisson se marre le plus. Il voit dans le regard des autres toute l'hypocrisie qui se transforme en fausse tendresse parce que les débiles ont bien le droit de s'aimer même s'ils sont différents. Ou bien : « Que c'est beau de les voir, on dirait vraiment qu'ils ne sont pas de vrais crétins ! » Je déteste sentir la pitié des autres. Je pense comme mon frère : ceux et celles qui ont pitié de moi me crachent dessus. Je hais ce poisson qui rigole quand la pitié se pointe le nez. Si je le pouvais, je ferais comme mon frère, j'irais leur mettre mon pied au cul.

Je me souviens d'une fois où mon frère et moi étions allés au musée. C'est joli, un musée. Il y avait des dessins partout. C'était une exposition d'un type qui dessine comme un enfant. C'est tellement beau qu'on peut fermer les yeux et s'envoler avec les personnages. Il y avait plusieurs dessins sur lesquels on pouvait voir des chèvres. Il y en avait aussi une série avec des anges. C'était vraiment beau. J'étais en train de regarder les dessins quand un monsieur, un gros monsieur m'a bousculé. J'ai failli tomber par terre. Mon frère lui a demandé de s'excuser. Le gros s'est mis à rire et il a poussé mon frère du revers de la main. Mon frère est resté très calme. Il est allé chercher une chaise, s'est donné un bon élan et la lui a brisée sur la tête. Le gros est tombé par terre. Deux gardiens sont arrivés et mon frère leur a mis chacun un poing sur la gueule, presque en même temps. Ensuite, il a agrippé le gros par les cheveux et l'a traîné jusqu'à moi pour qu'il s'excuse. Comme il refusait de le faire, mon frère lui a servi un bon coup de genou dans le ventre. Et un autre. Au troisième coup, le gros monsieur m'a présenté sa main pour demander pardon. Il en a mis du temps à comprendre ! Moi, je suis débile, sourd et muet, mais je suis certain qu'après un seul coup de genou, j'aurais compris ce qu'on attendait de moi. J'ai serré sa main pendant qu'il me disait quelque chose. Évidemment, je n'ai rien entendu mais j'ai compris qu'il s'excusait de m'avoir bousculé. Il y a des bonnes journées et il y en a des mauvaises. Pour mon frère et moi, ce fut une bonne journée. Pour le gros monsieur, je ne crois pas. Je pense que dorénavant il s'excusera toujours quand il bousculera un débile au musée.

Avant de commencer la tournée des salles d'exposition, nous étions passés à la boutique du musée où mon frère s'était acheté un gros livre avec toutes les toiles du type qui dessine comme un enfant. Nous avons visité le musée tout en tournant les pages du livre. Les dessins étaient aussi magnifiques que ceux du musée. Je ne sais pas lire, mais je trouve très joli ce qu'il y a d'inscrit sur la couverture :

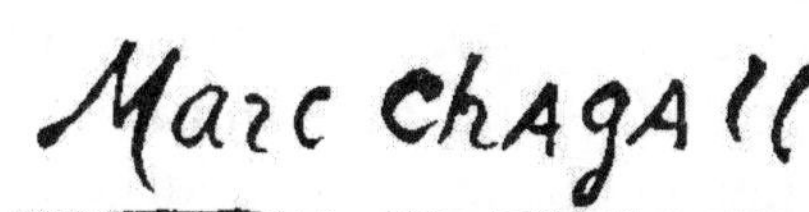

Mon frère m'a offert le gros livre. Il est dans ma chambre avec toutes mes affaires. En fait, toutes les choses qui sont dans ma chambre sont des cadeaux de mon frère.

Je disais donc que lorsque Sophie la fourchette s'est réveillée, elle a poussé un cri. Elle a retiré très vite sa main de la mienne. Je suis retourné rapidement dans mon lit et j'ai tout de suite fait semblant de dormir. Une infirmière aux cheveux rouges comme le feu, une nouvelle que je ne connais pas, est arrivée. Elle lui a donné des pilules. C'est la meilleure façon de calmer quelqu'un. Les caresses et les mots doux, ça prend du temps, ça gaspille de l'énergie et on n'est pas payé pour ça. L'infirmière est repartie. Sophie tremblait de peur dans son lit. Elle est aveugle, elle ne voit rien. Je pense qu'elle a peur du noir. Sa main droite tenait solidement le bord de son lit. On dirait qu'elle se tenait pour ne pas tomber vers le haut. C'est comme si elle était aspirée par le plafond. Elle pleurait, pleurait sans arrêt. Je pense qu'elle était certaine d'être morte et elle s'est réveillée vivante. Je la voyais pleurer, respirer difficilement, trembler de tout son corps. Je me suis dit que, ce dont elle avait besoin, c'était d'un dessin dans le livre du musée! Je me suis dit que Sophie avait besoin de voir une chèvre courir dans le ciel.

Comme il est impossible pour Sophie de voir les images, je me suis concentré très fort sur le dessin d'une chèvre verte. Une chèvre qui dansait dans le ciel, juste à côté de la lune, en jouant du violon. Une fois que je l'ai eu clairement redessiné dans ma tête, j'ai repris doucement la main de Sophie. Elle a un peu sursauté mais, au moins, elle n'a pas crié. Je lui ai tenu fermement la main, puis, doucement, j'ai relâché pour ne pas qu'elle se sente menacée. Nous sommes restés longtemps ainsi, sans bouger. Je me concentrais toujours sur le dessin : une chèvre verte, le ciel noir, les petites étoiles, un violon, plusieurs autres personnages avec les pieds dans les airs, des maisons colorées et de la musique, de la musique, de la musique. Après quelques minutes, j'ai senti une vibration, c'était la voix de Sophie la fourchette. Elle bêlait tout doucement : « Bêêêê... bêêêê... »

13

Ma tête va mieux. Mon poisson n'est malheureusement pas mort. Il est sorti de son coma et je suis de retour chez les débiles. J'ai retrouvé mon fauteuil, ma couverture et mon boulot. Sophie la fourchette est toujours à l'étage des malades. Elle n'est pas encore guérie. J'espère qu'elle reviendra bientôt à notre étage. J'ai peur que Sophie meure et que mon frère ne revienne jamais. Je me sens seul et j'ai très envie de pleurer. Dans ces moments-là, mon obèse de poisson est toujours là pour m'enfoncer un peu plus profondément dans le désespoir.

Il se venge. Il n'a pas aimé que je me frappe la tête sur le mur pour essayer de le faire sortir. Depuis hier, je vois souvent un petit bonhomme se promener un peu partout sur l'étage. Il n'est pas plus grand qu'un soulier, il porte un bonnet rouge et de longues bottes pointues, et il me parle. Le pire, c'est que je le comprends. C'est la première fois que j'entends quelqu'un me parler. Je fais semblant de ne pas le voir pour ne pas attirer son attention. Il a exactement la même tête que mon frère sauf qu'il a une longue barbe blanche. Ce lutin a le corps fait comme une poire, des pattes de grenouille, et ses yeux éclairent comme les phares d'une automobile verte lorsque la nuit tombe. Il rôde sans cesse autour de moi. Je le vois bien du coin de l'œil. Chaque fois que j'essaie de me concentrer pour ralentir le monde, il apparaît à mes pieds. J'ai beau me dire que c'est mon poisson qui fait ça, que c'est une hallucination tout comme l'homme que je fais saigner sur la croix dans la petite chapelle, mais ça continue.

Il est toujours là. Il est assis sur le bras de mon fauteuil et il me regarde. Il me regarde en fumant une cigarette. Mon poisson exagère beaucoup trop. Il se venge. Je sens que le lutin va bientôt me parler. C'est très angoissant d'être un débile.

— *Oh ! le monstre ! Ça va ?*

Je le savais, il recommence à me parler.

— *Ne fais pas semblant que tu ne m'entends pas. Je te parle, tu pourrais répondre...*

Je ne bouge pas. Si je lui parle, je sais que mon poisson va rigoler. Il va se tordre de bonheur. Je dois me convaincre que c'est encore une hallucination. C'est un piège.

— *Écoute, je suis là pour t'aider. C'est maintenant moi qui remplace ton frère. Il ne faut pas avoir peur, c'est lui qui m'envoie pour prendre soin de toi. Ton frère est mort et c'est moi qui prends la relève.*

Mon frère n'est pas mort !

— *Je savais que tu finirais bien par me parler.*

Merde ! je suis tombé dans le piège. Maintenant, le petit bonhomme sait que je l'ai vu. Mon poisson doit nager dans le bonheur le plus total.

— *Allez, tête d'eau ! Ne fais pas semblant que tu ne me vois pas. Nous avons des choses à nous dire. Je vais te parler de ton frère. Il a un message important pour toi.*

Dis-moi son message et ensuite va-t'en !

— *Tu m'écoutes alors ? Tu m'écoutes bien ?*

Oui, je t'écoute.

— *Il te fait dire qu'il s'est tué par amour pour toi.*

... ?

— *Il n'en pouvait plus de te voir enfermé ici, c'était trop dur !*

Pourquoi tu me dis ça ?

— *Parce que je suis là pour t'aider à faire la même chose. Il aimerait bien que tu le rejoignes.*

Va-t'en, tu n'es pas réel !

— C'est là que tu te trompes. Je suis bien réel. Chaque personne se fait une image de la réalité et dans ton cas, si tu me vois, c'est parce que j'existe.

Va-t'en, je suis occupé à ralentir le monde. J'ai beaucoup de travail à faire pour sortir d'ici un jour.

— Tu ne sortiras jamais, tu le sais très bien.

Mon frère va venir me chercher et nous habiterons ensemble.

— C'est beau de te voir. Je te dis, tête d'eau, que ton frère est mort. Il s'est tué dans son automobile verte. Il est entré à toute vitesse dans un arbre assassin et il est mort. Tu connais ce genre d'arbre, n'est-ce pas ?

C'est à ce moment que l'infirmière est arrivée avec des pilules. Sur un plateau, il y avait des pilules avec un verre d'eau. J'ai rapidement tout avalé.

— Qu'est-ce que tu avales, petit merdeux ?

Je te fais disparaître.

— On se reverra. Rappelle-toi qu'il n'y a qu'une seule et unique façon de sortir d'ici et de retrouver ton frère. Il faut que tu meures. Ton frère t'attend ! Il a acheté une petite maison au paradis des débiles et il y a aménagé une chambre pour toi. Vous allez vivre ensemble pour l'éternité. Il y a là un grand terrain rempli d'arbres de la planète des fruits. De gentils arbres plantés dans un magnifique endroit, près d'une rivière à cascades pour faire des pique-niques. Il a très envie de jouer au baseball avec toi.

Tu te moques de moi. Arrête, je suis fatigué de toi. Je suis fatigué d'être ici, fatigué de t'endurer.

— Tu pourras y vivre avec Sophie la fourchette si tu veux, elle t'aime aussi !

C'EST FAUX ! Va-t'en ! Va-t'en ! Va-t'en !

— Vous aurez des enfants, une vraie de famille !

Si tu ne pars pas immédiatement, je vais me frapper la tête contre le mur. Je vais te donner une bonne leçon !

— On va se revoir… crois-moi, on va se revoir !

Le petit bonhomme a disparu. Heureusement qu'il y a l'infirmière au gros derrière pour me donner des pilules. C'est trop angoissant, d'être débile.

14

J'ai rêvé que j'étais dans un dessin du gros livre que mon frère m'a offert. Au centre de l'image, il y avait moi avec Sophie la fourchette. Nous étions tous les deux peints en rouge parce que c'est la couleur de l'amour. Partout autour, du bleu. Dans le bleu, des musiciens. Une chèvre verte avec un violon faisait la plus belle musique du monde. J'étais seul avec Sophie, seul au monde parmi les musiciens, les gens de la fête, la ville tout à côté, le soleil blanc et un drôle de personnage en jaune avec des ailes. Je dis que nous étions seuls au monde parce que le monde s'était arrêté. Sophie avait, pour la seconde fois, arrêté le mouvement de la vie autour de moi. Je ne sais pas comment elle fait pour réussir un tel miracle. Quand je pense à elle, tout se calme en moi. Je ne pense plus à mon frère. Je ne pense plus aux pilules, ni à la planète des fruits, ni à mon boulot, ni à l'homme que je fais saigner sur la croix, ni au chocolat… je ne pense qu'à elle.

Je sens encore sa main dans la mienne. Une petite main fragile et douce malgré les affreux ongles. Dans mon rêve, je caressais l'intérieur de sa main. Nous étions couchés, serrés l'un contre l'autre. Il y avait du rouge partout. Du rouge sur notre peau, du rouge sur nos vêtements, du rouge dans nos yeux. Dans mon rêve, j'étais beau et Sophie la fourchette pouvait me voir. Elle avait deux beaux grands yeux de lapin rouge. Chaque fois que nos regards se croisaient, nous éclations de rire. Je pouvais voir dans ses yeux qu'elle me trouvait beau. J'étais beau comme mon frère et j'avais des lunettes de soleil. Sa peau était douce comme ma chemise du dimanche. Devant nous, sur une nappe à carreaux rouges, un panier avec de la nourriture. Mon frère nous avait préparé toutes sortes de mets différents dans des plats en plastique. J'avais faim mais je ne mangeais pas. Dans mon rêve, je me sentais capable de vivre des années entières sans rien avaler, seulement parce que Sophie la fourchette était avec moi. Tout était parfait. J'entendais la musique, je voyais les couleurs, j'étais heureux. Puis le clown puant est arrivé.

D'un seul mouvement, il a arraché Sophie d'entre mes bras. Il puait comme une moufette écrasée sur la route. Son intention était évidente, il voulait m'enlever Sophie-yeux-de-lapin. Je me suis levé pour l'arrêter. Comme je faisais un premier pas vers eux, j'ai vu le visage de Sophie changer. Elle me regardait autrement, comme si c'était la première fois qu'elle me voyait tel que je suis. Je me suis senti laid et stupide. Ma grosse tête avait repris sa place sur mes épaules. Mon poisson riait. Je me sentais ridicule devant tous ces plats en plastique et avec mes lunettes de soleil sur le nez. Ils se sont mis à rire. Le clown et Sophie riaient de moi aux éclats. Ils se disaient : « C'est un débile en amour ! Un débile qui prend ses hallucinations pour la réalité. » Ils riaient, ils riaient sans cesse, un doigt pointé vers moi. Sophie et le clown me montraient du doigt comme on montre les singes au zoo.

Mon cauchemar s'est alors transformé en délire. J'étais dans une cage, sous une tente, et j'avais très peur. Sophie et le clown criaient à l'extérieur de la tente : « Entrez ! Venez voir l'homme le plus laid du monde ! Venez voir la bête de cirque en amour ! Cet homme, mesdames et messieurs, est en amour avec une fille ! Oui, oui, vous avez bien compris ! En plus, ce monstre répugnant croit que cette fille pourra l'aimer un jour ! Il a été abandonné par son frère et, maintenant, il s'accroche à cette fille ! C'est son dernier espoir avant la mort ! Venez vite le voir avant que le lutin revienne et réussisse à le convaincre de mettre fin à ses jours ! Entrez ! »

Je me suis réveillé. J'étais seul. Il m'arrive parfois de me sentir seul, mais jamais comme ce matin-là. C'est une espèce de solitude qui vous empêche de respirer, qui vous serre la gorge. J'ai pris le livre avec le dessin de la planète des fruits. Je l'ai regardé longtemps. Je donnerais n'importe quoi pour retourner chez moi.

15

Il est vivant ! Je le savais, mon frère n'est pas mort ! Le lutin peut bien aller au diable. Mon frère n'est pas mort ! Tu as entendu, poisson ? Maintenant, n'essaie plus de me faire croire n'importe quoi. Poisson ! Je te parle ! Regarde bien. Tu vois cette carte ? Tu la vois ? Eh bien, cette carte, crois-le ou non, est de mon frère ! Regarde... Tu vois ? Et où se trouve mon frère ? Dis-le ! Tu le vois ? Alors, dis-le ! Pardon, je ne t'ai pas entendu ? PLUS FORT ! Il est où, mon frère ? RÉPONDS POISSON OU JE ME FRACASSE LA TÊTE SUR LE MUR ! Exactement ! Il est sur la planète des fruits !

Je n'arrive pas à le croire, mon frère est sur la planète des fruits ! Mon frère m'a envoyé une carte postale de la planète des fruits ! Il est chanceux. J'aimerais tellement être avec lui. Que c'est beau, la planète des fruits ! On voit deux grands arbres avec de très longs troncs, pas de branches, et le feuillage est comme une explosion. Toute l'image est rouge. C'est un rouge qui vient du soleil qui se couche, un rouge qui arrive du cœur de mon frère. Sur la carte, il y a un ciel rouge, des arbres, du sable et beaucoup d'eau. Il faut beaucoup d'eau pour faire pousser les fruits. Je n'avais pas pensé à ça. L'eau qui se trouve là-bas est la même que celle qui se trouve dans ma tête. Il est évident que l'eau de la planète des fruits se retrouve dans les fruits de la planète des fruits. Comme elle est belle, ma planète !

Sur l'image, il y a aussi une fille à poil. Je ne sais pas ce qu'elle fait là. Je suis certain qu'il n'y a pas de filles sur la planète des fruits ! C'est peut-être une amie de mon frère, mais cela me surprendrait. Je l'ai rarement vu avec une fille. Comme je ne sors avec lui que le dimanche, il est évident que je ne peux pas savoir tout ce qu'il fait les autres jours de la semaine. Ce n'est pas son genre, à mon frère, de me cacher des choses. D'après moi, cette fille vient de la planète de Jérémie. C'est son genre de fille. Elle a dû s'arrêter sur ma planète pour boire un peu d'eau. Elle n'est pas aussi belle que Sophie la fourchette. Elle est trop ronde, elle a de trop gros seins. Elle a aussi de grosses fesses, tellement grosses qu'on dirait des coussins. Je vais cacher cette image parce que si Jérémie met la main dessus, il va me la voler.

Que c'est beau, la planète des fruits ! C'est beau comme un rêve. Il y a aussi une inscription sur la carte. C'est écrit : « Planète des fruits », en grosses lettres pour que les gens puissent bien les voir. Depuis que j'ai reçu la carte, je m'exerce à écrire le nom de ma planète. Je veux pouvoir l'écrire sans copier les lettres. C'est très difficile à écrire. Il faut commencer par faire ce signe : F, puis ensuite il y a : L. Quand je serai prêt, je prendrai une feuille de papier et j'écrirai par cœur toutes les lettres de la planète des fruits : F-L-O-R-I-D-A.

Mon frère m'a écrit un message derrière la carte. Il m'a écrit des choses que je ne comprends pas. Il sait que je ne sais pas lire, mais il m'écrit quand même. Quand nous nous promenons le dimanche, il sait que je n'entends rien, mais il me parle quand même. Il est comme ça, mon frère. Sur sa carte, il doit me dire qu'il sera bientôt de retour et qu'il aura un cadeau pour moi. Il m'offre souvent des cadeaux. Il est comme ça, mon frère. Ce n'est pas sa faute, il m'aime. Il m'aime comme je suis, avec ma grosse tête et mes lunettes de soleil. Je me fiche que les gens se moquent de moi. Je suis le plus fort parce que je suis avec mon frère. Personne ne rit de moi quand il est là. Plus personne ne se moque de moi lorsque je reçois des cartes postales de la planète des fruits.

Mon poisson ne sait plus quoi penser. Il a cru m'avoir avec son lutin qui annonçait la mort de mon frère, il s'est trompé. Mon frère est plus fort que toi, poisson ! Tu as quelque chose à dire ? Non, évidemment, tu ne dis plus rien et tu ne fais plus rien non plus. Allons, l'obèse, manifeste-toi ! Fais-moi voir ton lutin une autre fois encore ! Je suis prêt à l'écraser comme une mouche ! S'il se présente de nouveau devant moi, je le détruirai. C'est moi qui rigole maintenant, hein, poisson ? Je te ridiculise à mon tour. Tu es minable. Je suis tellement content que je n'ai même pas envie de me fracasser la tête sur le mur. Je suis tellement content que je ne ferai rien pour te faire du mal. Je veux que tu voies la planète des fruits, que tu saches que ma planète existe. Regarde la carte postale ! Regarde bien. Bientôt, je serai capable d'écrire le nom de ma planète. Je travaillerai jour et nuit s'il le faut et je me rappellerai toutes les lettres par cœur. Je vais te rendre malade avec ce mot. Tu vomiras à force de m'entendre le répéter. Mon cher poisson, toi qui manges tout, tu auras une indigestion de la planète des fruits, une indigestion de F-L-O-R-I-D-A.

16

Sophie la fourchette m'a raconté son histoire. C'est une histoire triste. C'est très difficile de communiquer avec une aveugle quand on est sourd comme un pot et muet comme une carpe. Elle ne peut pas me voir et je ne peux pas l'entendre. Entre nous, c'est le silence constant et la nuit permanente. Depuis qu'elle est revenue à l'étage des débiles, je n'arrête pas de la regarder. J'ai tourné mon fauteuil vers elle et je la regarde toute la journée. Je vois bien que le monde refuse de ralentir, alors je fais grève. Une grève, c'est quand on a autre chose de mieux à faire que travailler. C'est bien que Sophie la fourchette ne bouge pas beaucoup non plus. Elle reste assise sur une petite chaise en bois et se balance doucement. Je vois souvent ses lèvres bouger. Je pense qu'elle se parle. Faut être vraiment débile pour parler tout seul ! Elle est belle. C'est une belle débile.

Quand je la regarde, je me pose beaucoup de questions. Sophie la fourchette n'est pas née débile, ça se voit tout de suite. Même si elle est très maigre, son corps est bien proportionné. Elle a des mains agiles et un sourire intelligent. Ses dents sont parfaites et son visage est délicat. Par contre, elle n'a pas de seins. C'est tout ce qui lui manque pour avoir l'air tout à fait normale. Par exemple, si quelqu'un pose les yeux sur moi un instant, il peut se dire : « Une tête comme celle-là, ce n'est pas un accident, c'est de naissance ! » Évidemment, la plupart des gens ignorent d'où je viens. Ils ne savent pas que tous les habitants de la planète des fruits me ressemblent. Mais en ce qui concerne Sophie, je peux affirmer qu'elle a déjà été normale. Elle n'a pas un corps de débile. Le pape est gros comme un éléphant et Jérémie ressemble à une chenille. Tous les gens qui habitent ici sont soit trop grands, soit trop petits. Ou bien ils ont les jambes tordues ou des bras qui fonctionnent mal. Il y a des visages plats, des têtes pleines de bosses, des dents croches et de gros genoux. Toute la journée, ils agissent étrangement. Ça crie, ça se déshabille, ça chante à tue-tête, ça pleure pour un rien et ça se masturbe. Ils se battent, lancent des choses partout, mangent mal, bavent et pissent dans la salle commune. Moi, je suis un débile passif. Je suis laid et je ne fais rien. C'est ma façon à moi d'être débile. Il m'arrive de me frapper la tête sur le mur, mais c'est à cause des hallucinations, à cause de mon poisson. Mais sinon, je suis un débile facile. Débile facile mais quand même débile ! Un débile que les infirmières aiment parce que je ne cause pas trop de problèmes.

Sophie est différente des autres imbéciles qui vivent ici. Quand je la regarde, j'essaie de voir à travers elle. Je vois bien qu'elle a déjà eu toute sa tête. Chose certaine, elle ne sera plus jamais normale. Quelque chose l'a complètement transformée. Elle finira ses jours ici. Comme moi. Je l'aime et j'ai envie d'avoir des bébés avec elle. Mais je sais que ce n'est pas possible parce que les débiles n'ont pas le droit de se reproduire entre eux. Je veux tout savoir sur elle et je veux qu'elle soit ma femme. J'aimerais mieux avoir une femme qui ne soit pas débile, mais je suis limité dans mes options. C'est comme quand il y a des spaghettis au menu : on en mange ou on se passe de dîner.

Comme je regardais intensément Sophie la fourchette pour mieux la comprendre, une chose étrange s'est produite. Pour une rare fois, elle s'est levée elle-même de sa chaise. Elle a marché en tâtonnant quelques meubles sur son passage et s'est rendue jusqu'au divan brun sale qui est devant la télévision. La télé se trouve dans une pièce vitrée pour l'isoler un peu du bruit de la grande salle commune. Moi, les bruits, ça ne me dérange pas parce que je suis sourd comme un pot. Sophie s'est assise sur le vieux divan à deux places et s'est tournée vers moi. Je sais que ce n'est pas possible et que c'était certainement une hallucination, mais j'ai eu l'impression qu'elle me demandait de la rejoindre. On aurait dit qu'elle m'appelait. C'est alors qu'une autre chose étrange s'est produite. Pour une rare fois, j'ai pris moi-même la décision de me lever de mon fauteuil. Je suis allé la rejoindre sur le vieux divan. Il n'y avait aucun autre débile dans la pièce. Je me suis assis à côté d'elle et nous avons regardé la télévision. Moi, j'ai regardé et elle a écouté.

C'est là que j'ai compris. Ce sont les images de la télévision qui m'ont expliqué toute l'histoire de Sophie la fourchette. Comme je ne peux pas entendre, Sophie a choisi de me faire connaître son histoire par la télévision. C'était l'aventure d'un petit chien perdu dans une grosse ville. Sa famille l'avait abandonné et il ne savait pas où aller. Il mangeait dans les poubelles et il était toujours seul jusqu'à ce qu'il rencontre d'autres chiens. Au début, le petit chien était tout à fait normal. Il vivait dans une famille et sa meilleure amie était une petite fille. Il était heureux. Seulement, le père de la petite fille était un homme méchant et il s'est débarrassé de lui en l'abandonnant dans la grande ville. Le chien s'est fait des amis et ils ont formé une bande. Pour manger, ils allaient voler de la saucisse et des morceaux de viande chez un gros boucher. Quand le gros boucher s'en est aperçu, il s'est fâché et a téléphoné à un homme en uniforme bleu. Le groupe de chiens s'est fait ramasser par l'homme en bleu qui les a mis dans un camion rempli de cages. Le petit chien a quand même réussi à se sauver et un jour, comme il allait mourir, un garçon qui vivait dans la rue l'a recueilli. Ce garçon avait besoin de beaucoup de médicaments pour survivre parce qu'il se piquait souvent les bras avec une seringue. Une fois sa piqûre faite, on voyait du bonheur dans sa figure. Comme ces médicaments étaient très chers, le garçon devait faire comme la bande de chiens et aller voler chez le gros boucher. Un jour, le garçon a pris trop de médicaments et il est mort à côté d'une poubelle. Le chien pleurait beaucoup d'avoir perdu son nouvel ami et puis, plus rien. Je n'ai pas vu la fin du film parce que Jérémie est arrivé et il a changé de chaîne. C'était l'heure du jeu télévisé. Tout le monde ici regarde toujours les jeux télévisés parce que ce sont des émissions qui plaisent aux débiles.

Sophie a regagné sa chaise dans la salle commune et, moi, je suis aussi retourné à mon fauteuil. Ce n'est qu'après plusieurs minutes que j'ai compris que Sophie n'était pas le petit chien perdu dans l'histoire de la télé. Sophie la fourchette était le garçon avec la seringue. Elle est une fille de la grande ville devenue débile en prenant trop de médicaments. Sophie n'est pas morte à côté d'une poubelle. Elle n'a pas perdu la vie, mais elle a perdu ses yeux et sa tête. Voilà pourquoi elle est comme ça.

17

Il commence à faire froid. Bientôt, les feuilles dans les arbres changeront de couleur. J'aime beaucoup l'automne. Quand les feuilles deviennent rouges, jaunes et orangées, j'ai l'impression d'être dans un dessin. C'est comme dans le gros livre que mon frère a acheté au musée. J'ai hâte de le revoir, mon frère. Aujourd'hui, c'est dimanche et l'infirmière au gros derrière est sortie dans le jardin avec moi. C'était bon de sortir. Elle me surveillait. On ne doit jamais laisser un débile seul parce qu'il peut faire des bêtises. J'étais assis sur un banc, l'infirmière au gros derrière tricotait. Nous sommes restés seuls un petit moment. Comme chaque fois que nous sortons dans le jardin, l'homme en noir de la petite chapelle est venu nous rejoindre. L'infirmière au gros derrière m'a fait signe de ne pas bouger et ils sont partis ensemble. Ils font toujours ça : ils s'enferment pendant un moment dans le cabanon du jardin et ressortent ensuite en souriant. Je ne comprends pas pourquoi la cabane rend l'infirmière et l'homme en noir de la petite chapelle si heureux. Ils doivent aimer le jardinage.

Comme je me sentais en forme, j'ai décidé de me lever. Je me suis approché de leur cachette et j'ai regardé à l'intérieur par la petite fenêtre. L'homme avait son pénis entre les cuisses de l'infirmière et il bougeait en donnant des coups. L'infirmière avait l'air très heureuse. Elle suait beaucoup. Je me suis dit : « Je vais aller faire un tour ! » Au fond du jardin se trouve une petite porte où il n'y a pas de gardien. En quelques minutes, j'étais dans la rue. Je connais le truc parce que j'ai vu un débile se sauver l'autre jour. Plusieurs fois, j'ai eu envie d'aller faire un tour. C'était mon travail qui m'en empêchait. Maintenant que je suis en grève, j'ai tout mon temps.

Une fois à l'extérieur, j'ai marché dans la ville. Les gens étaient très polis. Chaque fois que je croisais quelqu'un, il me laissait toute la place pour passer. Plusieurs personnes, avant même que j'arrive à leur hauteur, changeaient de côté de rue pour me laisser encore plus de place. Près d'un parc, je me suis assis sur un joli banc vert, à côté d'une poubelle. J'ai enlevé le bracelet en plastique que je dois toujours porter pour que les infirmières sachent que je suis un débile et je l'ai jeté dans la poubelle sans même me lever. C'est pratique, une poubelle à côté d'un banc ! Plusieurs enfants sont venus me voir. Ils me parlaient mais je ne pouvais pas répondre. J'ai souri. Leur chef, un petit blond aux yeux bleus, m'a pris par la main et nous sommes tous allés au terrain de jeux. Je me suis amusé comme c'est pas possible. Je suis devenu leur nouveau copain. Nous nous sommes lancé du sable et nous avons grimpé aux arbres. Nous avons joué au monstre. Le monstre, c'était moi et, eux, ils faisaient semblant d'avoir peur. On a aussi joué aux chasseurs de monstre. Le monstre, c'était encore moi et, eux, ils devaient m'attraper. Ils couraient dans tous les sens. J'ai également lancé des pierres sur les automobiles garées au bord du parc et je me suis amusé dans les balançoires. Finalement, mes amis m'ont acheté une crème glacée au chocolat. Je les ai vus, ils ont compté leur argent devant moi. Après, je me suis endormi dans l'herbe.

Il faisait très froid à mon réveil. La nuit était tombée et il n'y avait plus personne dans le parc. Je ne savais pas quoi faire, je ne savais pas comment rentrer chez moi. Mon poisson a ouvert un œil. J'ai commencé à l'entendre rigoler. Un tout petit rire, un rire de vengeance. J'avais vraiment peur. Il n'y avait personne autour de moi pour m'aider.

Pas d'infirmières et pas de pilules pour endormir mon poisson. J'étais seul. C'était la première fois que je me retrouvais sans personne pour prendre soin de moi. J'avais faim. Rien à manger. Je grelottais sous ma petite veste brune. Bientôt, mon poisson se réveillerait pour de bon et, là, ce serait ma fête ! J'avais tellement faim que j'ai mangé des feuilles d'arbre pour calmer mon estomac.

J'ai décidé de ne plus bouger. Après tout, ne rien faire, c'est encore ce que je fais de mieux. Quand j'étais petit, avant qu'on me place chez les débiles, il m'arrivait souvent de passer de longs moments seul, assis sous un arbre dans le parc près de chez moi. Je pouvais rester là des heures entières à ne rien faire parce que mon frère m'avait attaché à l'arbre. C'était sa façon d'avoir un peu la paix. Je le suivais tout le temps et, comme je faisais peur à ses amis, il avait trouvé ce moyen-là pour continuer ses activités avec eux et, du même coup, ne pas me perdre. Il est très intelligent, mon frère. Il trouve des solutions à tout. Lui, c'est l'intelligent de la famille. Moi, je suis le débile de la famille. Nous avions une sœur mais elle est morte dans un accident de fusil. Elle, c'était la beauté de la famille. Mes parents sont morts dans le même accident.

Attaché au tronc de l'arbre, je respirais. Quand j'étais petit, ma principale activité consistait à respirer à fond. Les yeux fermés, je sentais l'air entrer dans mes poumons, se répandre dans mes veines et chatouiller tout mon corps. J'étais heureux. Même attaché à l'arbre, j'avais l'impression d'être libre. J'étais vraiment libre parce que j'avais tous les jours mon frère pour moi. Je savais qu'il reviendrait me détacher. Je savais qu'il était là. J'aimerais bien qu'il soit là ce soir. J'ai peur.

18

J'ai froid. Je claque des dents. Tout mon corps frissonne. Il fait encore nuit et les arbres me regardent. Je ne suis plus seul. Je les entends, ils se parlent. Ils discutent de mon avenir. Ils chuchotent. La plupart d'entre eux pensent que je vais mourir ici. Les autres me donnent une chance de survivre si le soleil se lève bientôt pour me réchauffer. Je les vois bouger. Les arbres se déplacent lentement, très lentement. J'ai peur. J'entends mon poisson qui rigole. Il est bien réveillé et particulièrement en forme. J'ai beau me dire que les arbres ne sont qu'une hallucination, que ce n'est pas vrai, j'ai quand même peur. Je vois leurs longues branches qui se déplacent dans la nuit. De grands bras maigres qui se balancent lentement. J'ai envie de pleurer. Je voudrais disparaître pour ne plus avoir à subir mon poisson.

J'ai déjà failli mourir. J'étais à la pêche avec mon frère. C'était l'été où nous avions fait du camping. C'est très compliqué, le camping. Premièrement, il faut avoir une maison en toile. Ensuite, il faut des vers, un canot, des sacs de couchage et des vêtements chauds. Une fois que la maison ronde en toile est installée, il ne reste plus qu'à sortir les cannes à pêche et à se faire piquer par les moustiques. Je me suis fait piquer par les moustiques.

La première fois que j'ai fait du canot, j'ai failli mourir. Heureusement, j'avais une veste spéciale qui flotte. Mon frère m'avait donné une canne à pêche avec un hameçon sur lequel un ver de terre attendait de se baigner. Je me demandais à quoi tout cela pouvait bien servir. Je ne comprenais pas pourquoi nous devions prendre des poissons dans le lac alors que j'en avais déjà un dans la tête. Je n'aime pas les poissons. Il y avait des nuages de moustiques partout. Je me tapais constamment le visage avec mes mains. Tout à coup, ma canne à pêche s'est pliée ! Je ne savais pas quoi faire. Je regardais mon frère en haussant les épaules. Lui, il était très excité ! Il riait et me faisait de grands signes. J'ai compris qu'il voulait que je tire, que je tire vite sur la ligne. Je me suis levé dans le canot et j'ai tiré de toutes mes forces. Le canot a chaviré. Nous sommes tombés à l'eau avec le casse-croûte, les vers, les quatre cannes à pêche et les avirons. Je n'ai jamais lâché ma ligne et, même dans l'eau, je tirais, je tirais, je tirais ! C'est très difficile de tirer sur la ligne quand on est sous l'eau. J'ai mis quelques secondes à remonter à la surface. Je n'ai jamais arrêté de tirer sur la ligne, je donnais des coups, je m'enfonçais dans l'eau, je remontais, j'avalais de l'eau. J'ai senti la main de mon frère agripper ma veste flottante. Je tirais sur la ligne, je tirais toujours. J'ai arrêté de tirer lorsque j'ai senti mes pieds toucher le fond du lac. Mon frère m'avait sauvé la vie. Je me suis mis debout, dans l'eau. J'avais du mal à respirer, je toussais, j'étais étourdi. Mon frère m'a arraché la ligne des mains, il m'a soulevé sur son épaule et m'a déposé sur la rive.

Assis à côté de moi, mon frère regardait le canot couler dans le lac. Toutes ses cannes à pêche ont aussi coulé. Les deux avirons flottaient plus loin. Il a pris deux cigarettes mouillées dans son paquet. Il en a mis une dans ma bouche, l'autre dans la sienne. Nous avons fumé des cigarettes mouillées éteintes en regardant flotter les avirons. Puis mon frère est allé chercher ma canne à pêche à quelques mètres de moi. Il a ramené le fil. Au bout, il y avait un poisson qui se débattait. Mon frère a décroché le poisson, l'a levé vers le ciel en signe de victoire et il l'a déposé sur mes genoux. Comme je n'aime pas le poisson, je l'ai relancé à l'eau en m'aidant de mes deux mains. Mon frère a ri, puis, gentiment, il m'a aidé à marcher sur la rive pour regagner notre maison de toile. Nous avons tout rangé et nous sommes allés manger des hot-dogs et des frites en ville. J'aime mieux les frites que le poisson. Si j'étais mort ce jour-là, je ne serais pas ici, dans ce parc, à grelotter. Mon poisson se serait amusé avec les autres poissons du lac. Les arbres ici ne sont pas comme ceux de la planète des fruits. Ils ne sont pas sympathiques. J'aurais mieux aimé mourir avec mon frère, en camping, que mourir ici.

19

Mon poisson ne bouge plus dans ma tête. Il est prisonnier de la glace. Je ne sens plus mes pieds, tellement ils ont froid. Mes doigts sont engourdis. Je suis couché dans l'herbe et j'attends d'être complètement gelé. Je serai transformé en cornet de crème glacée. J'aimerais poser mes lèvres sur celles de Sophie la fourchette. J'imagine la tête de mon frère quand il va apprendre que je suis mort gelé. Il sera très fâché. Les arbres ne parlent plus, ils me regardent en silence. Je ne voudrais pas être à la place de l'infirmière au gros derrière. C'est sa faute si j'ai fait des bêtises. Quand les débiles font des choses débiles, ce n'est jamais leur faute. Un débile a le droit de tout faire. Il y a toujours quelqu'un pour être responsable à sa place.

J'ai peur de mourir. Je sais que tout ce qui vit sur cette planète doit mourir. C'est différent sur la planète des fruits. Là-bas, rien ne meurt. C'est un lieu de naissance, pas un lieu de mort. J'ai déjà vu un cadavre. Ce n'était pas joli. Il était raide et pendait au bout d'une corde. C'était il y a longtemps mais je m'en souviens encore aujourd'hui. Si je le pouvais, je demanderais à mon poisson de manger ce souvenir. Mais il est là pour m'embêter, pas pour me faciliter la vie.

J'habitais dans la section des enfants à l'étage des malades à l'époque où j'ai découvert le mort. Les infirmières nous avaient tous emmenés dehors. Je jouais au ballon avec les autres enfants débiles. Le soleil brillait dans le ciel. Le ballon m'a échappé et il a roulé près d'un arbre. C'est là que je l'ai vu. Le mort pendait au bout d'une corde attachée à une branche. Il faut toujours se méfier des arbres. Je l'ai tout de suite reconnu. Le gardien qui ouvrait et fermait la grille pendait là, tout raide, la langue sortie, les yeux ouverts. Il était encore plus laid que moi. Il avait fait dans son pantalon. J'ai vraiment eu peur. Ce n'est que plus tard que j'ai compris ce qui s'était passé. Le gardien se promenait tranquillement sur la pelouse quand, soudain, il a vu des branches bouger. Comme ce n'était pas un peureux, il est allé voir de plus près ce qui les agitait. Puis il a eu envie de faire pipi. Avant même qu'il ouvre sa braguette, une branche l'a attrapé et lui a passé une corde autour du cou. Ensuite, l'arbre a tiré très fort pour le soulever de terre. C'est ainsi qu'il est mort, attaqué sauvagement par un arbre et c'est pourquoi il a fait dans son pantalon. Je ne fais confiance qu'aux arbres de la planète des fruits ; les autres, je m'en méfie.

Bientôt, je serai aussi raide que le gardien pendu au bout d'une corde. Je vois des lumières au loin, de faibles lumières qui se rapprochent. C'est la mort qui arrive. Elle me cherche, je le sais. J'irai au paradis des débiles. J'espère qu'il y a du chocolat là-bas. La mort est tout près de moi maintenant. Elle vient de passer tout droit. Peut-être que ce n'est pas moi qu'elle cherche après tout. Je ne pensais pas qu'elle serait habillée en bleu foncé avec une casquette et un fusil. Je l'ai bien vue, elle m'a frôlé la tête. Il y a une autre mort qui se promène un peu plus loin. Encore une autre ! Elles sont trois maintenant. Les morts se parlent. Une quatrième arrive pour se joindre à la discussion. Elles sont maintenant toutes les quatre près de moi et je les vois parler. Je pense qu'elles m'ont vu. J'ai dû faire du bruit. Je claque tellement fort des dents que j'ai dû attirer leur attention. Ah non ! elles se dirigent vers moi, je vois les lumières qui se posent sur ma tête. Je t'aime, mon frère. Je suis mort.

20

Je ne suis pas mort. Quand j'ai ouvert les yeux, j'étais couché à l'étage des malades. La mort n'a pas voulu de moi. Je lui ai sûrement fait peur. C'est l'effet que je fais à tout le monde. Elle s'est dit: «Il est tellement laid, je ne peux pas amener n'importe quoi au paradis.» Je pense que la mort m'a donné une autre chance en espérant que le monde ralentisse un peu pour que je puisse y trouver ma place. Ce qu'elle ne sait pas, c'est que, dans mon cas, le temps n'arrange rien du tout. Mon frère devient plus beau en vieillissant, pas moi. Plus le temps passe, plus je ressemble à un monstre. Je ne voulais pas mourir. Ma poire m'a sauvé la vie. C'est la première fois que je suis content d'être aussi laid. C'était probablement la première fois que la mort entrait en contact avec quelqu'un de la planète des fruits. Elle m'a laissé un cadeau: une grosse grippe.

Je tousse, je me mouche, j'ai mal à la poire et au cœur. J'ai l'impression que les yeux vont me sortir de la tête. Ils vont tomber par terre comme deux billes et rouler jusqu'aux pieds de l'infirmière. J'ai aussi mal à la gorge. Parfois j'ai chaud, souvent j'ai froid. On vient régulièrement me mettre un thermomètre dans les fesses. Je ne dois pas bouger pour ne pas le briser. Ce n'est pas agréable du tout. Une infirmière a essayé de me rentrer une grosse pilule dans le derrière. Elle poussait avec son doigt pour la faire rentrer pendant que, moi, je poussais de toutes mes forces pour la faire sortir. J'ai fait un dégât. L'infirmière était très fâchée. Il y en avait partout. Elle a réussi à me rentrer la pilule entre les fesses pendant que je dormais. Tout ce que j'ai senti, c'est une longue pilule me pénétrer. Je n'aime pas me faire réveiller de cette façon.

Je dors beaucoup. Je pense aux enfants avec qui je me suis amusé dans le parc. C'était tellement plaisant de jouer au monstre. J'avais l'impression de ne plus en être un. Je faisais seulement semblant d'être laid. Je me sentais bien. J'aurai beaucoup d'enfants avec Sophie la fourchette. Beaucoup d'enfants. J'espère qu'ils ne seront pas débiles. Les enfants débiles sont tristes. Ils font n'importe quoi, ils ne savent pas jouer au monstre. Souvent, ils restent dans le carré de sable à ne rien faire, comme moi quand j'étais petit. Ils ont tout pour s'amuser, des camions pour se promener, des pelles pour creuser, des seaux pour construire des maisons. Mes amis du parc savent vraiment comment s'amuser.

Mon poisson est heureux d'être en vie. Je le sais parce qu'il me fiche la paix. L'obèse me laisse du temps pour regarder le livre du musée. J'aime beaucoup les couleurs. Il y a des chèvres sur presque tous les dessins. Peut-être que les chèvres ont une mission spéciale sur la terre. C'est sûrement un signe. J'aimerais bien voir une chèvre jouer du violon. J'ai vu une chèvre un jour. C'était au cours d'une sortie organisée pour tous les débiles de la maison. Nous sommes allés à la ferme en autobus. J'ai vu une chèvre débile. Je dis que c'était une débile parce qu'elle ne savait rien faire. Tout ce qu'elle a fait d'intéressant, c'est manger complètement ma collation. Le sac de plastique y compris. Vraiment décevant. J'aurais voulu la voir courir dans le ciel, danser sur les nuages, jouer de la flûte, n'importe quoi! Mais non, elle restait là, sans rien faire d'amusant. Toute la journée, je suis resté près de la chèvre en espérant qu'il se passe quelque chose. Je l'ai suivie en l'observant de la première à la dernière minute de notre visite. Elle a même foncé sur moi. Si j'avais pu parler, je lui aurais dit qu'une vraie chèvre est gentille, qu'elle apporte du bonheur aux gens qui se marient, qu'elle console les femmes tristes en mettant de la couleur dans le ciel, qu'elle est parfois verte, d'autres fois rouge. Mais c'était une chèvre débile toute blanche qui mange du plastique en croyant que c'est bon pour la santé. Si elles sont toutes comme celle-là, j'aime encore mieux les chèvres de mon livre.

Je tousse beaucoup. D'habitude quand je suis malade, je reçois la visite de mon frère. Il vient toujours avec un gros docteur tellement vieux qu'il a les cheveux tout blancs. C'est à cause de ce docteur que j'habite ici. Quand mes parents et ma sœur sont morts, c'est lui qui a pris mon frère en charge. Moi, il m'a placé dans cette maison. Le gros docteur savait bien que les débiles ne peuvent pas vivre en liberté. Quand j'étais petit, il venait toujours me voir avec mon frère. Il m'apportait des jouets, des bonbons et, à chaque visite, il m'examinait. Ensuite, il avait une longue discussion avec un autre docteur qui habite ici. Maintenant, il ne se déplace plus, je pense qu'il est trop vieux. Je ne l'ai pas vu depuis très longtemps. C'est lui le premier qui a commencé à m'apporter du chocolat tous les dimanches. Mon frère l'aime beaucoup. Le gros docteur est devenu comme son père. Je suppose qu'il est un peu mon père à moi aussi.

21

Il y a eu beaucoup de changements depuis que je suis de retour à l'étage des débiles. Pour commencer, Sophie la fourchette va bientôt avoir un enfant. Je serai père. Il y a quelques heures, je lui ai sauvé la vie et elle a posé ses lèvres sur les miennes. L'infirmière au gros derrière n'est plus là. Je ne la vois plus. Je pense que c'est ma faute si elle est partie. Si j'étais resté assis calmement dans le parc, sans bouger, elle serait encore là pour faire du jardinage avec l'homme en noir de la petite chapelle. Ce n'est pas la première qui disparaît, je suis habitué aux changements d'infirmières. Seulement, je l'aimais bien même si elle avait un gros derrière. Elle a été remplacée par une plus jeune aux cheveux rouges. C'est l'infirmière de feu. Ce nom lui va bien. Jérémie n'arrête pas de la regarder. Il a toujours la main dans son pantalon. Je pense que l'infirmière de feu est son type de femme. Il faut dire qu'elle est très belle. Pas autant que Sophie la fourchette par contre.

Pour que Jérémie arrête de sortir son pénis, les infirmières ont trouvé une solution. Chaque fois qu'il commence à se masturber, elles l'aspergent avec un grand seau d'eau froide. C'est instantané ! Il arrête tout de suite. C'est encore plus rapide que les pilules. Comme il est souvent mouillé, il doit changer de vêtements plusieurs fois par jour.

Je suis allé me promener dehors aujourd'hui. Nous avons fait une grande sortie de débiles dans le jardin. J'ai remarqué que la porte par laquelle je m'étais sauvé a été condamnée. Personne ne peut plus passer. Impossible de faire une promenade à l'extérieur des murs maintenant. L'infirmière de feu a assis Sophie la fourchette sur un banc. Moi et les autres débiles avons marché en rond. Après quelques minutes, je me suis arrêté et j'ai regardé Sophie. Elle est de plus en plus maigre. Je pense que si elle continue à maigrir, elle finira par disparaître. Ses cheveux étaient propres, ils avaient l'air doux. Le soleil éclairait son visage. Son corps était recroquevillé ; sa tête, légèrement penchée. Comme d'habitude, elle se rongeait les ongles. Je voudrais qu'elle soit ma femme.

Soudain, j'ai eu peur. J'ai aperçu l'arbre derrière elle. Celui qui pend les gens par le cou avec une corde. L'arbre de mon enfance, l'arbre assassin. J'ai compris ce qu'il allait faire. Je l'ai vu dans le mouvement de ses branches. L'arbre se préparait à commettre un autre meurtre. Il s'approchait de plus en plus de Sophie pour l'attraper. Je ne pouvais pas la regarder mourir sans rien faire. Je voulais la sauver mais la peur m'empêchait de bouger. Puis j'ai pensé à mon frère. Je me suis demandé ce que mon frère aurait fait s'il avait été à ma place. Mon frère me protège toujours parce qu'il m'aime. Comme j'aime Sophie, je devais la protéger contre l'arbre assassin. J'ai décidé d'agir. Je suis passé à l'action. J'ai couru vers Sophie. Juste au moment où l'arbre allait la saisir pour la pendre, de toutes mes forces, j'ai poussé Sophie par terre. Dans le mouvement, je suis tombé sur elle et mes lèvres ont touché les siennes.

Nous sommes restés par terre, quelques secondes, lèvres contre lèvres. Le monde s'est arrêté encore une fois. Tout a disparu autour de nous. Juste elle et moi, bouche à bouche. L'infirmière de feu est venue pour nous séparer. Je me suis fait engueuler. J'avais envie de rire, tellement j'étais heureux. J'avais sauvé Sophie de la mort et elle m'avait embrassé sur la bouche. C'était la première fois que j'embrassais quelqu'un de cette façon. J'ai souvent vu des gens le faire à la télévision. Je sais maintenant que j'aime beaucoup mieux donner un baiser que de voir quelqu'un d'autre le donner. Les lèvres de Sophie sont douces comme une fleur. Si je pouvais, je passerais ma vie à l'embrasser. Je resterais par-dessus son petit corps, sans bouger, sans rien faire. Nous allons avoir un enfant maintenant. Quand deux personnes s'embrassent, il y a une famille qui apparaît presque tout de suite. Je l'ai vu souvent à la télévision. Le premier enfant que nous aurons, je l'appellerai Mon Frère. C'est un très joli nom qui me rappelle un tas de bons souvenirs. Si nous avons un enfant débile, je le noierai dans une grande marmite de soupe. Comme ça, il ne sera pas obligé de passer toute sa vie ici, prisonnier dans les murs de cette maison. Si nous avons un enfant intelligent, je le donnerai au gros docteur. Il vivra heureux comme mon frère et deviendra une personne exceptionnelle.

22

J'ai été puni pour avoir sauvé Sophie la fourchette de la mort. Je n'aime pas l'infirmière de feu. Elle a beaucoup d'imagination pour punir les débiles. Elle m'a enfermé dans le placard à balais. Je ne pouvais rien faire. Il faisait noir. J'attendais qu'on m'ouvre la porte. J'étais assis à côté d'un seau et d'une vadrouille humide. Je pensais à mon frère. S'il avait été ici, jamais il n'aurait voulu que je sois enfermé comme un chien dans une cage. Il m'aurait tout de suite sorti de là. C'est pire que la punition du seau d'eau glacée sur Jérémie quand il se masturbe. Je m'ennuie de l'infirmière au gros derrière. Elle était beaucoup moins belle que l'infirmière de feu, mais elle ne punissait jamais personne. Même la fois où le pape, dans une crise de nerfs, a brisé la télévision en la renversant, il n'a pas été puni. L'infirmière au gros derrière était douce avec nous. Elle souriait souvent.

Mon poisson est réveillé. Pour une fois, il est gentil avec moi. Il me console. Il me dit que l'infirmière de feu est là pour m'aider. Les punitions sont justes pour tout le monde. Je dois faire tout ce qu'elle veut, sinon elle se vengera sur Sophie la fourchette. Je dois être sage, ne plus avoir d'hallucinations et si Sophie se ronge trop les ongles, l'infirmière de feu lui coupera les doigts. Peut-être même que c'est déjà fait.

Je revois encore la scène. La porte du placard s'ouvre. L'infirmière de feu est là, devant moi. Ses yeux sont comme des étincelles. Elle me fait signe de sortir. J'hésite. Mes jambes sont très engourdies et j'ai du mal à me lever. Elle m'aide en me donnant de petits coups de pied. Comme j'ai de la difficulté à me remettre sur mes jambes, l'infirmière me donne de plus gros coups de pied pour m'encourager. Il n'y a plus personne dans la grande salle commune et la télévision est fermée. Dans ses mains, l'infirmière a un bâton. Je réussis enfin à sortir du placard. J'ai peur. Je vois par une fenêtre que le soleil est couché, c'est la nuit. Nous sommes seuls, elle et moi. Tous les autres débiles doivent être au lit. Elle me regarde et me crache dessus. Sa salive coule lentement sur mon visage. Je sens aussi des vibrations, elle me parle. Je ne comprends rien. Elle lève le bâton et me donne un coup derrière les genoux. Je tombe.

L'infirmière de feu me frappe avec son bâton. Mon poisson rigole. Je l'entends qui rit aux éclats. À chaque coup que je reçois, l'obèse hurle de joie. Je comprends pourquoi il était gentil avec moi tout à l'heure. Il devinait sa vengeance proche. Mon poisson s'est fait ami avec l'infirmière de feu pour me faire souffrir.

Chaque coup de bâton m'a blessé comme une brûlure dans le dos. J'ai mal, tellement mal. J'aurais voulu crier. De temps en temps, l'infirmière s'arrêtait et me parlait à l'oreille. Sa vibration était méchante et agressive. Je n'aime pas du tout qu'on me parle de cette façon. Un coup, encore un coup. J'aimerais savoir pourquoi elle fait cela, mais mon poisson m'empêche de penser, je l'entends rire. Il sait que mon frère est loin. Il sait que personne ne viendra m'aider.

Quand elle a eu fini de me battre, j'ai dû marcher à quatre pattes jusqu'à ma chambre. Je me suis couché sur mon lit. L'infirmière de feu semblait contente de son travail. J'avais de la difficulté à respirer. J'aurais aimé me rendre jusqu'à l'étage des malades pour me faire soigner, mais l'infirmière de feu a fermé la porte de ma chambre à clé. C'était la première fois que je me faisais battre. C'était la première fois qu'on m'enfermait.

23

Je n'ose plus sortir de ma chambre. J'ai trop peur. J'ai peur de la revoir. J'ai peur de me faire battre encore une fois. Les dix portes des dix chambres des dix débiles de l'étage sont ouvertes, mais il n'y a personne dans la salle commune. Tout le monde est resté dans sa chambre. L'infirmière de feu nous fait trop peur. Normalement, elle n'est pas là le matin. Elle arrive toujours après le repas du midi et reste jusque tard le soir. Plus aucun débile ne veut la voir. Elle est trop brutale, trop dure. Si personne ne sort de sa chambre, c'est parce que nous craignons de nous retrouver nez à nez avec elle. Vaut mieux rester calme dans son coin et avoir la paix que de s'aventurer dans la salle commune et recevoir des coups de bâton.

Hier soir, j'ai vu l'infirmière de feu laver la bouche du pape avec du savon. Il avait sûrement dit des gros mots. Le pape était rouge de honte. Elle l'a savonné devant tout le monde, juste avant le repas du soir. Il y avait deux autres infirmières qui n'avaient pas l'air d'accord avec cette méthode de guérison. Elles grimaçaient. Par contre, elles n'ont rien dit ni rien fait. Elles sont restées là, à regarder le spectacle. Je pense que les infirmières normales, tout comme les débiles, ont peur de l'infirmière de feu. Jérémie ne se masturbe plus du tout. Il a peur du seau d'eau froide. Il a l'air malheureux, il ne rit plus, ne se déshabille plus en dansant lorsqu'il voit une femme avec des gros seins à la télévision. Les autres débiles sont tous devenus très calmes et très gentils. Comme moi, ils ont peur de recevoir des coups. Aussi, j'ai vu l'infirmière de feu gifler Sophie la fourchette parce qu'elle refusait de manger. Elle lui a rentré la nourriture de force dans la bouche. À la télévision, j'ai déjà vu des fermiers faire la même chose à des canards. Ils les forcent à manger en poussant la nourriture dans leur gorge. C'est très violent et ce n'est pas joli à voir. Les marques des coups de bâton sur mon corps ont presque toutes disparu. L'infirmière de feu est devenue le chef de l'étage des débiles. Elle est la plus âgée, la plus forte et la plus belle de toutes les infirmières.

Mon poisson rigole beaucoup depuis que l'infirmière de feu est là. Il approuve toujours ses méthodes. L'obèse est presque toujours réveillé maintenant. Même avec les pilules, il réussit à rester alerte pour ne rien manquer. Plus j'angoisse, plus il est content, réveillé, animé. Je le sens qui se promène d'un côté à l'autre du bocal. Il regarde par la fenêtre de mes yeux, afin de ne rien manquer. Il veut tout voir. Parfois, il me force à me promener dans la salle commune quand l'infirmière de feu est là. Je m'installe dans le fauteuil et j'attends, je ne fais rien. Je la fixe sans arrêt. Partout où elle va, je la suis du regard. Je tremble à l'intérieur de mon corps comme lorsqu'on grelotte la nuit dans un parc. Je suis terrorisé mais mon poisson ne veut rien manquer. Il m'oblige à la regarder.

Les premières fois que l'infirmière de feu m'a surpris à la fixer, elle m'a giflé et enfermé dans ma chambre. Maintenant, je porte toujours mes lunettes de soleil. Le cadeau de mon frère me protège. Elle se demande souvent si je la regarde, mais comme elle ne voit pas mes yeux, elle hésite à me gifler. Parfois, pour vérifier, elle s'approche de moi, alors je ferme les paupières et je fais semblant de dormir. Avec tout ce stress, mon poisson s'amuse énormément. Il est encore plus content depuis que je n'ai presque plus de temps pour regarder Sophie la fourchette. Elle me fait du bien et mon poisson déteste ça. Je ne comprends pas pourquoi Sophie et moi n'avons pas encore d'enfant. Peut-être que les débiles ne peuvent pas en avoir. Si je pouvais arrêter de regarder l'infirmière de feu, j'irais prendre la main de Sophie. Je pense qu'elle n'en a plus pour longtemps à vivre. Elle est tellement maigre qu'on dirait une tige de fleur sans pétales.

L'infirmière de feu nous enferme tous les soirs et, pour passer le temps, je m'entraîne à écrire «planète des fruits». J'arrive presque à me rappeler par cœur des lettres. F-O-L-R-I-D-A. Mon frère va être content.

24

Je suis dans la chambre de Sophie la fourchette. Elle vient de s'endormir. Si l'infirmière de feu s'aperçoit que je suis ici, elle me tuera à coups de bâton. Elle me cherche partout. Je le sais parce que, par la fenêtre de la chambre de Sophie la fourchette, j'ai vu les morts arriver. Deux morts en uniforme avec casquette et fusil sont descendues d'une automobile qui faisait beaucoup de bruit et beaucoup de lumière rouge et bleu. L'infirmière de feu est sortie pour leur parler. Elle faisait de grands signes. Je pense qu'elle est vraiment très fâchée contre moi. L'infirmière de feu m'aurait trouvé depuis longtemps si toutes les portes des chambres des débiles n'étaient pas fermées à clé.

Comme j'avais envie de prendre la main de Sophie, je suis allé me cacher sous son lit. Juste après le souper, je me suis rendu dans sa chambre. Je n'avais pas prévu que j'allais m'endormir en attendant son arrivée. Je me suis réveillé durant la nuit, Sophie bougeait dans son lit. Sans faire de bruit, j'ai essayé de me glisser à l'extérieur de ma cachette. J'ai sûrement fait beaucoup de bruit parce que Sophie s'est réveillée en sursaut. J'ai vu qu'elle avait très peur. Pour la rassurer, j'ai pris sa main dans la mienne. Tout de suite, sa figure a changé. Elle était crispée, nerveuse et raide. Elle est devenue plus calme, douce et confiante. Je pense même qu'elle a souri. Lentement, Sophie s'est approchée de moi. Ses mains ont caressé les miennes, puis ses doigts ont glissé sur mon bras. Comme elle est aveugle, Sophie regarde avec ses mains. Elle m'a regardé le bras, l'épaule, le cou, puis la tête. Elle a tout de suite compris, en touchant mon aquarium, que j'étais laid. Sa figure a changé. On ne peut rien cacher aux mains de Sophie. Contrairement à beaucoup de gens qui me regardent avec leurs yeux, elle est restée longtemps à promener ses mains sur ma tête pour me contempler. Elle a promené ses doigts sur ma bouche, mes dents, mes joues, puis sur mes oreilles. Une de ses mains a caressé mon nez pendant que l'autre touchait une de mes paupières. Pour toucher entièrement ma tête, elle a dû se lever. Assis sur une petite chaise près du lit, j'ai vu la plus belle chose au monde, encore plus belle que tous les dessins du livre que j'aime regarder, encore plus belle que la photo de la planète des fruits. J'ai vu la couleur des yeux de Sophie la fourchette.

Pendant un instant, un tout petit moment, Sophie a ouvert un œil. La lumière de la lune est venue éclairer sa figure. Je l'ai bien vu, son œil était vert. Vert comme l'herbe que le gardien vient de couper, vert comme les arbres en été, vert comme les pommes vertes, vert comme l'automobile de mon frère. Mon poisson ne savait plus quoi faire. Il aurait bien aimé me faire du mal, me faire voir quelque chose de menaçant, me faire souffrir avec une de ses blagues nulles, mais, malgré toute sa détermination à me rendre la vie difficile, il n'a pu rien faire. L'obèse était comme moi, complètement perdu dans ce joli vert. Le monde s'était encore arrêté. J'avais l'impression qu'il n'y avait plus que moi et Sophie sur terre. Elle me caressait la tête en essayant de reconstruire mon crâne dans son imagination. Je ne semblais pas lui faire peur. Au contraire, Sophie semblait commencer à me trouver moins laid. Je ne lui ai pas fait le coup des deux grosses veines qui s'emplissent de sang quand je force. Je voulais qu'elle continue à me toucher. C'est tellement bon, quelqu'un qui vous touche ! C'était la première fois qu'on me touchait de cette façon. Ses mains ont fait frissonner ma peau sur tout mon corps.

Sophie a un très beau pyjama trop grand pour elle. Il est blanc et rouge avec des oursons bruns qui mangent du miel à même le pot. Quand j'ai posé mes mains sur ses hanches, j'ai bien senti la douceur de son pyjama. Sophie a enlacé ma tête avec ses bras et je me suis retrouvé le nez planté dans ses presque seins. Elle me serrait tellement fort que j'avais du mal à respirer. Heureusement qu'elle n'a pas plus de seins, sinon je serais sûrement mort étouffé. Elle sentait la crème glacée à la vanille. J'étais bien comme dans l'automobile de mon frère.

Nous sommes restés très longtemps ainsi, sans bouger. Je pouvais entendre son cœur battre, je sentais l'air entrer et sortir de ses poumons. À travers la fenêtre, dans le ciel, juste à côté de la lune, il y avait une chèvre verte qui jouait du violon. Elle dansait lentement en agitant ses pattes. La musique du violon, c'était la vibration de la voix de Sophie qui me parlait. Sa bouche posée sur mon crâne, je pouvais sentir ses lèvres bouger. Je n'ai rien entendu mais j'ai tout compris. Elle me parlait de sa tristesse de vivre, de son manque d'amour, de son désespoir. Sophie me disait combien l'existence est difficile pour elle. Je l'ai écoutée me parler de sa vie et de ses rêves. Comme je ne parle pas, je n'ai rien dit et même si j'avais pu parler, je serais resté silencieux.

Sophie s'est assise sur mes genoux et nous sommes restés là, sans bouger. La chèvre jouait toujours du violon tout près de la lune. Après un long moment, Sophie est retournée dans son lit et elle s'est endormie. Je suis là, sur la petite chaise à côté du lit et je la regarde. Maintenant, je suis certain que nous allons avoir des enfants. Nous aurons des enfants normaux, pas débiles du tout. Ils auront les yeux verts et les ongles rongés. La chèvre a disparu. Je vais m'installer sous le lit de Sophie pour dormir. La mort avec son uniforme, sa casquette et son fusil peut bien essayer de me trouver. Ici, je suis en sécurité.

25

Au matin, on est venu ouvrir les portes des chambres. Je suis sorti de sous le lit de Sophie sans que personne me voie et je suis allé m'installer dans la salle commune. L'infirmière de feu a fait une crise de nerfs. Quand elle m'a trouvé assis dans mon fauteuil, la couverture sur mes jambes et mes lunettes de soleil sur le nez, elle a pété les plombs. Elle criait, sautait et me pointait du doigt. Ses yeux sont devenus rouges, ses mains tremblaient de colère. Les deux autres infirmières ont essayé de la calmer, mais sans succès. Elle en a frappé une au visage. Les autres débiles regardaient la scène. Il n'y avait pas moyen de la calmer. J'ai vu Sophie la fourchette sourire. Comme l'infirmière de feu m'enfermait dans le placard pour me punir, j'ai aperçu le visage de mon frère à travers la petite fenêtre de la porte du couloir de l'étage. Je ne l'ai vu qu'une seconde, une seule seconde.

J'ai tout de suite pensé que c'était un tour de mon poisson. C'est son genre d'humour de me faire imaginer le retour de mon frère. L'obèse veut encore une fois me faire du mal. Je sais que, ce soir, l'infirmière de feu va me battre. Elle m'a déjà battu pour moins que ça. J'ai tellement peur que mon poisson me donne de faux espoirs en me faisant croire que je vais y échapper. Il essaie de me faire croire que mon frère va surgir pour me tirer de là. Maintenant, je ne le crois plus. Je sais que mon frère ne va pas revenir immédiatement de la planète des fruits. C'est un trop long voyage. Il faut beaucoup de temps pour atteindre la planète. Je l'ai vu à la télévision. Pour mettre les pieds sur une autre planète, il faut tout un équipement. On a besoin d'une fusée, d'une combinaison spéciale, d'un gros casque et de beaucoup de nourriture. Ce serait plus pratique de pouvoir se rendre sur la planète avec l'automobile de mon frère. Je dois me convaincre que je n'ai pas vu son visage, qu'il n'était pas là, qu'il ne sera pas là avant longtemps. Je déteste mon poisson, je le déteste vraiment.

Je suis resté très longtemps dans le placard. Les coups de bâton me font très peur et je n'avais pas envie d'avoir mal. Je ne sais pas pourquoi l'infirmière de feu traite les débiles de cette façon. Elle est devenue le chef depuis que l'infirmière au gros derrière est partie. Je pense qu'elle ne comprend pas que nous sommes véritablement débiles et que nous vivons dans cette maison parce qu'aucun de nous n'est capable de vivre ailleurs. Nous sommes des imbéciles et nous ne comprenons jamais rien à rien. Il est donc normal que nous agissions n'importe comment ! Il ne faut pas nous punir pour cela. Un coup de bâton ne guérira jamais un débile. Il faut des pilules, des pilules et encore des pilules ! C'est la seule façon de nous aider.

Après un long, un très long moment, l'infirmière de feu a ouvert le placard. Elle avait un gros bâton dans les mains. Son sourire ressemblait à une grimace de bonheur. Comme je n'avais pas pu sortir de ma prison pour aller aux toilettes, j'avais fait dans mon pantalon. Elle m'a obligé à sortir. J'étais à quatre pattes, incapable de me relever. Le premier coup de bâton a fait très mal. Avant le deuxième coup, j'ai pensé à mon frère. J'ai revu son visage dans ma tête. Un autre coup de bâton et encore un autre. Jamais mon frère ne se laisserait battre de cette façon. En regardant bien, j'ai remarqué qu'il n'y avait encore une fois personne dans la salle commune. Personne pour nous voir, personne pour nous entendre. J'ai senti les vibrations du rire de l'infirmière de feu. Je sentais le plaisir qu'elle prenait à me battre, à me faire souffrir. Un autre coup. J'ai pensé à Sophie la fourchette, à ses yeux verts, à la chèvre qui joue du violon. J'ai pensé à la douceur de son pyjama et à son odeur de vanille. C'est en recevant encore un coup de bâton dans le dos que je me suis mis à forcer. J'ai senti mes deux veines se gonfler de sang. J'en avais assez d'être un monstre, j'en avais assez de ne pas comprendre et de me faire donner des coups, j'en avais assez de devoir me cacher pour prendre la main de Sophie. J'en avais assez d'attendre mon frère. J'en avais assez de l'infirmière de feu, assez de cette maison, des débiles, des arbres assassins, de la peur, de mon fauteuil, de ma couverture et puis de mon poisson.

J'ai forcé, tellement forcé que l'infirmière de feu s'est aperçue que quelque chose ne tournait pas rond. Je n'avais pas la même attitude que d'habitude. Je prenais les coups sans même me mettre en boule pour me protéger. Je restais là, bien planté, à quatre pattes devant ses yeux. Pour me faire plier, pour me soumettre, l'infirmière de feu m'a donné un autre coup de bâton encore plus fort que les précédents. Je n'ai pas bougé mais je tremblais de rage. C'était la première fois de ma vie que je n'avais plus peur. Ni d'elle ni de mon obèse de poisson. Comme j'essayais de me relever, j'ai reçu un autre coup de bâton sur l'épaule. Je n'ai pas eu mal. À l'intérieur de mon corps, j'ai senti la brûlure du feu. La haine, la vraie haine. J'ai crié. Pour la première fois, j'ai hurlé de toutes mes forces. Les vibrations de mon cri ont envahi la salle. J'étais devenu un débile de feu. Dans les yeux de l'infirmière, j'ai vu la peur… et je ne me souviens plus de rien.

Je me rappelle seulement que j'ai pris la clé des chambres pour ouvrir les portes et libérer tout le monde. Elle était accrochée à la ceinture de l'infirmière de feu. Je me souviens aussi d'avoir jeté la clé dans les toilettes.

26

Le lendemain matin, l'infirmière de feu était assise dans mon fauteuil de la salle commune. La tête droite et le corps raide, son regard fixait le vide. Je l'ai transformée en statue. Les autres infirmières ont essayé de la sortir de là. Rien. Impossible de lui faire quitter son siège. Le docteur de l'étage des malades est monté pour la voir. Il lui a posé des questions, il a essayé de la faire parler. Rien. C'est en criant très fort quand elle me battait que j'ai transformé l'infirmière de feu en débile profonde. Je pense que la frontière entre ce qui est normal et ce qui est débile était assez mince chez elle. Le docteur a questionné les autres débiles pour comprendre ce qui était arrivé à l'infirmière de feu. L'homme en noir de la petite chapelle est même venu l'aider à poser des questions. Ils ne m'ont pas adressé la parole parce qu'ils savent que je suis sourd comme un pot et muet comme une carpe. Ils savent aussi que je suis inoffensif et que je ne ferais pas de mal à une mouche. Personne ne comprend ce qui est arrivé.

J'ai déjà vu un film à la télévision qui explique très bien comment l'infirmière de feu a pu se transformer en imbécile. C'est l'histoire d'un homme qui part sur une planète lointaine. Il amène avec lui une équipe de spécialistes en quelque chose pour exécuter là-bas un travail important. Lorsqu'ils arrivent sur la planète, l'homme découvre un monstre qui vit dans une grosse piscine de morve. Le monstre mange l'équipe de spécialistes sauf l'homme. Celui-ci fait exploser la tête de la bête avec un gros fusil qui lance de la lumière. Le monstre devait être allergique à la lumière du gros fusil. Avant de mourir, l'animal de la piscine de morve a eu le temps de pondre un œuf dans l'estomac de l'homme. Je ne sais pas comment il a réussi à faire ça parce que j'ai été dérangé au milieu du film par une masturbation de Jérémie. Il y avait eu, juste avant, une publicité avec des filles aux gros seins qui boivent de la bière. L'infirmière au gros derrière a dû éteindre la télévision un moment pour le calmer. Quand nous sommes revenus au film, j'ai compris que l'œuf de la créature était dans le ventre de l'homme de l'espace parce qu'un petit monstre en est sorti. Un petit monstre de morve. Ce n'était pas beau à voir.

J'ai sûrement fait la même chose avec l'infirmière de feu. Mon cri est entré dans sa tête par ses oreilles, et mon poisson en a profité pour y pondre un œuf. Comme c'était la première fois que j'émettais un son de haine avec ma bouche, c'est normal que mon poisson en ait profité pour pondre. Peut-être aussi que l'infirmière de feu avait déjà, endormi profondément dans les profondeurs de sa tête, son propre poisson. Mon cri l'aurait alors réveillé. En tout cas, je suis certain d'une chose : l'infirmière de feu a maintenant un truc dans la tête qui lui mange le cerveau et la rend débile. Si c'est autre chose qu'un poisson, c'est assurément un animal qui fait partie de la même famille que l'obèse, puisqu'elle ne bouge plus. Elle aura maintenant le droit de manger beaucoup, beaucoup de pilules… et pour longtemps.

En une journée, tout est redevenu normal. Jérémie a tout de suite repris ses activités devant tout le monde. Le pape est en pleine bénédiction et Sophie la fourchette se ronge les ongles. Les autres débiles ont recommencé à faire n'importe quoi, n'importe comment. L'infirmière de feu est partie, mon siège est vide. Une seule chose a changé : je n'ai plus envie de m'asseoir dans mon fauteuil. Je le regarde et il ne m'inspire plus. Je n'ai plus envie de ralentir le monde parce que je me rends bien compte que je travaille pour rien. Maintenant, je m'assois sur le grand divan brun sale, juste à côté de Sophie la fourchette, devant la télé. Nous la regardons presque toute la journée. Parfois, lorsqu'elle se ronge les ongles, son épaule me touche. Il arrive aussi que je lui prenne la main. Sophie la fourchette est ma femme et nous attendons un enfant.

27

L'infirmière au gros derrière est revenue. Après ma fugue, je pense qu'elle avait besoin de vacances. Un débile, ça joue sur les nerfs, surtout si on le perd. Elle ne semble pas être fâchée contre moi. Les autres débiles sont contents et je le suis aussi. Nous sommes tous heureux qu'elle soit là.

C'est l'hiver. Je me suis réveillé un matin et tout était blanc dehors. Les débiles étaient très excités. On nous a tous habillés chaudement et nous sommes sortis. Il y avait beaucoup de neige. Ce que j'aime le plus en hiver, c'est de regarder la fumée sortir de mon nez. Je respire l'air et j'expire de la fumée claire et légère. C'est exactement comme si je fumais une cigarette. Par contre, l'hiver est aussi très dangereux. Une fois quand j'étais petit, il y avait un gros glaçon qui pendait à la clôture de fer. J'ai voulu le lécher mais ma langue est restée collée sur le fer. Je ne pouvais plus bouger. Comme je suis incapable de dire quoi que ce soit, je n'ai pas pu appeler à l'aide. J'ai attendu longtemps avant qu'on me délivre. C'était très douloureux. Une infirmière est allée chercher de l'eau chaude. En versant l'eau autour de ma bouche, elle a réussi à me sauver. Ma langue s'est décollée de la clôture de fer. Elle saignait beaucoup. Depuis ce jour, je ne sors plus ma langue en hiver. Quand j'ouvre la bouche, je garde ma langue à l'intérieur. J'aime mieux respirer par le nez. Je n'ai pas envie que ça m'arrive encore une fois.

J'ai fait un bonhomme avec trois grosses boules de neige et une carotte. Sur son nez orange, j'ai placé mes lunettes de soleil. J'ai aussi volé une cigarette à un infirmier pour la lui mettre dans la bouche. Mon bonhomme fume. Il ressemble beaucoup à mon frère. Je le regarde souvent par la fenêtre de la salle commune. J'aime le voir, comme ça, debout, au centre du jardin. Tous les jours, je demande la permission d'aller faire une promenade. Je dois mettre mes grosses bottes et mon manteau chaud. J'ai aussi un joli foulard de laine avec des motifs en forme de flocons. L'air est froid et je ne reste pas longtemps dehors.

Mon frère et moi allons souvent glisser l'hiver. Il m'amène dans son automobile verte près d'une montagne où nous allons toujours. Il y a beaucoup de monde parce que c'est un endroit fait exprès pour glisser. Là-bas, dans le froid, je me suis déjà gelé les pieds. Le pire, ce n'est pas quand ils gèlent, c'est quand ils dégèlent. J'ai pleuré, tellement j'avais mal. Nous étions dans un grand chalet et tout le monde me regardait. Mon frère m'a acheté plusieurs chocolats chauds pour me réconforter. Quand mes pieds ont été dégelés, j'ai continué à faire semblant de souffrir pour avoir encore du chocolat chaud. Mon frère s'en est vite rendu compte et il a beaucoup ri. Je trouve que, pour un débile, je suis assez malin.

L'infirmière au gros derrière m'accompagne dans mes sorties pour me surveiller. J'aimerais lui dire que ce n'est pas nécessaire parce que je n'ai vraiment plus envie de me sauver. Je ne veux pas mourir gelé dans un parc. Je veux simplement voir mon frère-bonhomme-de-neige. Il faut que je l'entretienne, sinon il perd ses formes. À cause du vent, je dois replacer souvent sa cigarette et ses lunettes. Par contre, le nez tient bien en place. La carotte est bien enfoncée au centre de son visage. De la glace s'est formée tout autour et la fait tenir parfaitement. Elle rapetisse vite parce que j'en croque souvent des petits bouts. C'est bon.

Si je fais bien attention à mon frère-bonhomme-de-neige, peut-être qu'il fondra au printemps et que mon vrai frère apparaîtra à sa place. Ce sera une grande transformation ! Cigarette à la bouche et lunettes de soleil sur le nez, il rira de se voir ainsi tout mouillé par la neige fondue. Il se demandera pourquoi il a passé l'hiver dehors et sous la forme d'un bonhomme de neige. Ce sera une farce que je lui aurai faite et il comprendra tout de suite. Pour me récompenser d'être un débile malin, il ira m'acheter un chocolat chaud. Ensuite, nous partirons vivre ensemble sur la planète des fruits.

Dans la journée, en plus de la promenade avec l'infirmière au gros derrière, je surveille souvent mon frère-bonhomme-de-neige. Je m'avance près de la fenêtre et je le vois qui grille au soleil ou qui disparaît dans la tempête. Je ne sais jamais, d'une journée à l'autre, ce que la température lui réserve. J'ai pitié de lui lorsqu'il fait très froid. Je me rappelle mon aventure dans le parc et j'ai envie de sortir pour le prendre dans mes bras. J'aimerais beaucoup que Sophie la fourchette puisse le voir. Elle le trouverait très beau.

28

Maintenant, Sophie la fourchette reçoit de la visite. À part le clown agressif qui n'est venu qu'une seule fois, jamais personne ne s'était déplacé pour la voir. Depuis un mois, un homme barbu aux yeux très verts vient souvent lui rendre visite. Il a les mêmes oreilles et la même bouche que Sophie. J'ai tout de suite deviné que c'était son père. La première fois qu'il est venu dans la salle commune, il m'a vu assis à côté de Sophie sur le grand divan brun sale. Je suis tellement laid qu'il a eu un mouvement de recul. L'infirmière au gros derrière m'a gentiment fait lever pour céder ma place. L'homme m'a souri et ses lèvres ont dit merci. Il s'est assis doucement près de sa fille et lui a caressé la tête. J'ai vu une larme couler sur sa joue et disparaître dans sa barbe.

J'aime bien Barbu la fourchette. Il est toujours très calme et très tendre avec Sophie. Il lui amène des fleurs et il lui fait sentir leur parfum. Elle touche les pétales et sourit. Ils passent de longs moments ensemble à ne rien dire et à ne rien faire. Une fois, Barbu la fourchette est venu avec une femme. Elle a fait une crise de nerfs en voyant Sophie, puis elle est partie. Depuis, il vient toujours tout seul deux ou trois fois par semaine. Sophie ne se ronge presque plus les ongles. Ses doigts sont en train de guérir lentement. Barbu lui fait du bien. J'aimerais bien avoir quelqu'un qui me fasse autant de bien, moi aussi.

L'hiver, c'est très long quand il n'y a personne qui m'amène glisser.

29

Le lutin est de retour. Mon poisson rigole. Il est là, devant moi, par terre, avec son bonnet rouge et ses longues bottes pointues. Il danse pour attirer mon attention.

— *Salut, tête d'eau !*

Je ne réponds rien. Je n'ai pas envie de lui parler.

— *Je danse bien, n'est-ce pas ? Regarde comme je bouge ! C'est une danse en ton honneur.*

Je trouve qu'il danse très mal.

— *Je t'avais dit qu'on se reverrait un jour. Un pas à gauche et un pas à droite ! Je suis plus léger que l'air ! Et voilà, c'était une danse en ton honneur. C'est une de mes créations, je l'ai appelée « La danse du débile qui attend son frère ». Tu aimes ?*

Comme je ne sais pas quoi répondre, je ne dis rien. Mon poisson s'amuse comme un petit fou.

— *Je vois que tu es toujours aussi bavard. Je suis venu te dire qu'il est temps de partir. Ton frère ne reviendra pas et si tu veux le revoir, c'est toi qui devras aller le retrouver.*

MON FRÈRE VA REVENIR, JE LE SAIS.

— *Regarde-toi, pauvre imbécile, il n'y a plus personne dans ce monde pour toi. Tu es seul. Ton frère est sur la planète des fruits et Sophie partira bientôt.*

Sophie ne partira pas parce que c'est une débile et que les débiles habitent ici.

— *Elle a une famille pour s'occuper d'elle, tu le sais. Barbu la fourchette va bientôt la ramener à la maison, sa vraie maison.*

Il ne peut pas faire ça ! Sophie et moi attendons un enfant !

— Tu te racontes des histoires, personne ne veut avoir de bébé avec un monstre.

Mon frère viendra me chercher.

— Faux ! Tu auras beau faire des dizaines de frères-bonhommes-de-neige, ça ne le remplacera jamais.

Il viendra, je le sais. Il ne m'a jamais abandonné, j'ai confiance en lui.

— Regarde bien, je fais un pacte avec toi. Au printemps, lorsque ton bonhomme de neige aura complètement fondu, quand il ne restera de lui qu'une flaque d'eau, tu iras dans le cabanon du jardin…

NON !

— … et tu prendras la corde pour l'apporter à l'arbre assassin. Ensuite, tu laisseras faire l'arbre. C'est la seule chose à faire pour rejoindre ton frère sur la planète des fruits. D'une façon ou d'une autre, tu mourras ici sans personne pour te tenir la main. Il nous faut tous crever un jour ou l'autre et c'est la seule véritable façon de te libérer.

Et si mon frère arrivait avant le printemps ?

— Eh bien, tu partiras avec lui et tu ne me reverras plus jamais, promis.

…

— Tu ne dis rien ? Je suis là pour t'aider. Ton poisson est fatigué de vivre dans ton aquarium. Il a envie qu'on le libère, lui aussi. Il est prisonnier de ta tête comme tu es prisonnier de cette maison. Ta vie n'est pas une vie, elle ne sert à rien. Tu causes des problèmes à tout le monde. Sophie ne t'aime pas. Elle est débile comme toi. Pour elle, tu n'es pas réel. Elle te voit comme un ange qui la protège.

Sophie la fourchette m'aime !

— Non, elle n'aime personne d'autre qu'elle-même.

Mon frère m'aime !

— Oui, ton frère t'aime mais il est parti pour vivre sa propre vie. Il est sur la planète des fruits avec sa nouvelle femme et ils auront bientôt un garçon. Elle est enceinte.

C'est faux, il n'y a personne d'autre que moi dans la vie de mon frère.

— *Si un débile réussit à aimer une femme, pourquoi ton frère en serait-il incapable ?*

...

— *Tu commences à entendre raison. C'est bien. Ma proposition te convient ?*

Je vais y réfléchir.

— *Non, il me faut une réponse tout de suite !*

Tu me laisses attendre mon frère jusqu'au printemps ? Jusqu'à ce que mon frère-bonhomme-de-neige ait fondu ?

— *Oui.*

Si mon frère n'est pas revenu pour m'amener avec lui, alors... je me laisserai mourir.

— *Tu es d'accord ? Marché conclu ?*

Oui, je le suis.

— *Tu veux voir la danse du débile pendu ? C'est aussi une danse en ton honneur !*

Non. Laisse-moi maintenant.

— *Je te dis adieu alors, on ne se reverra plus.*

Tant mieux.

— *Tout le plaisir est pour moi, tête d'eau.*

Le lutin a disparu.

30

Le lutin avait raison. Sophie la fourchette est partie. Hier soir, je ne me sentais pas très bien. J'ai eu une crise et j'ai recommencé à me frapper la tête sur le mur. L'infirmière au gros derrière m'a donné des pilules pour me calmer, puis elle m'a mis au lit. Quelques minutes plus tard, je dormais. J'ai rêvé que le gros livre du musée, celui que mon frère m'a donné, était en feu. Il brûlait. Tous les personnages du livre criaient. Quelques-uns couraient sur le plancher en essayant d'aider les autres à sortir. Beaucoup sont morts dans l'incendie. Aucun village n'a été épargné. La chèvre verte qui jouait du violon est morte. Deux anges et un général au garde-à-vous de fanfare l'ont retirée des cendres. Son corps sans vie était gris. À côté d'elle, un violon calciné.

J'aurais voulu faire quelque chose pour aider les personnages du livre, mais j'en étais incapable. Dans mon rêve, je ne pouvais pas bouger. Attaché dans mon lit, je les regardais s'animer, chercher de l'eau, pleurer leurs amis morts et prier Dieu. Le livre brûlait comme une ville en feu.

Quand tout a été terminé, les survivants sont partis en me laissant seul avec le corps de la petite chèvre morte. Ce n'est qu'à ce moment que j'ai pu bouger. Je l'ai prise dans ma main. D'un léger coup du bout des doigts, j'ai essayé de la ranimer. Rien à faire, la chèvre était bien morte. Je me suis réveillé.

Je me suis dépêché de sortir de mon lit pour me rendre à la chambre de Sophie. Elle n'y était pas, il n'y avait plus rien. Toutes ses affaires avaient disparu. Je suis retourné à ma chambre et j'ai essayé de me rendormir. Je n'en ai pas été capable. J'étais en sueur, j'avais du mal à respirer. Je me sentais prêt à mourir. Je ne voulais plus attendre le printemps, je voulais disparaître tout de suite.

J'ai vu de l'eau couvrir entièrement le plancher de ma chambre. Elle est montée jusque sous mon lit. J'étais couché sur un radeau. J'ai entendu mon poisson rire. Les murs de ma chambre sont tombés et toute la maison a disparu. Je flottais seul sur un grand lac calme. Rien autour de moi. D'un côté comme de l'autre, juste de l'eau à perte de vue. Je me suis dit qu'il ne servait à rien de flotter ainsi, sans espoir de revoir Sophie, sans espoir que mon frère arrive pour me tirer de là. Je sentais le mouvement des petites vagues sous mon lit.

Je suis seul au milieu d'un lac et je flotte en attendant que mon radeau coule. Je vais couler avec lui. Je n'ai pas réussi à ralentir le monde pour m'y faire une place. J'ai perdu Sophie la fourchette. Sur la planète des fruits, mon frère a oublié que j'existais. Le lutin avait raison. Je suis une tête d'eau et personne ne veut d'un monstre. J'aurais dû rester sur ma planète, il n'y a pas de place pour moi ici. Je ne veux plus de cette maison, je ne veux plus de l'infirmière au gros derrière et j'en ai marre des pilules. Je ne guérirai jamais.

Je reste sur mon lit, incapable de bouger. Je ne vais pas attendre le printemps pour mourir. Je sais très bien que mon frère ne reviendra jamais. Il est bien là où il est. Mon frère n'a besoin de personne pour vivre mais, moi, j'ai tellement besoin de lui. Je ne peux plus vivre ainsi, les dimanches sont trop longs. La vibration de sa voix comme les mains de Sophie étaient de bonnes raisons de combattre mon poisson. Je laisse gagner le lutin. Je ne veux plus me battre, je ne veux plus d'hallucinations… je veux disparaître.

Mon poisson grignote lentement ma conscience. Je perds des bouts du visage de mon frère jusqu'à ne plus le voir du tout. Il disparaît complètement de ma mémoire. Même chose pour Sophie. L'obèse la mange complètement. J'oublie la planète des fruits. Je sais maintenant que jamais personne ne viendra pour m'amener là-bas. Je sens mon poisson grossir et prendre toute la place dans l'aquarium. Il a tout mangé. Puis mon lit se met à couler comme un bateau. Il s'enfonce lentement dans l'eau. D'abord, mes pieds sombrent, puis les jambes, le torse, les épaules et, enfin, le cou. Je prends une grande respiration, puis il n'y a plus rien... je suis mort.

31

Le jour même de ma mort, mon frère est arrivé. Il était si joyeux. Il avait dans les mains des dizaines de cadeaux pour moi et deux grosses valises. Il était heureux à l'idée de me voir. Lorsque l'infirmière au gros derrière lui a appris la nouvelle, j'ai compris à travers son cri qu'il m'aimait véritablement. Je l'ai vu pleurer. Il a chassé l'infirmière au gros derrière de la chambre et il est resté une dernière fois seul avec moi. Avec tout l'amour du monde, il a fermé mes paupières.

Quand il s'est avancé vers la fenêtre et qu'il a vu mon frère-bonhomme-de-neige, avec les lunettes et la cigarette, il s'est écroulé. Jamais je n'avais vu mon frère dans cet état. Je lui ai dit que ce n'était pas sa faute, qu'un débile comme moi n'est pas une grosse perte dans sa vie, que c'est mieux ainsi pour lui et pour moi. Il n'a rien entendu. Il pleurait toujours.

Mon frère est longtemps resté assis par terre à se demander quoi faire. En regardant autour de lui, il a vu un bout de papier qui traînait par terre. Il l'a ramassé. Dessus, il était écrit : F-L-O-R-I-D-A. C'était mon dernier essai, celui que j'avais réussi à écrire par cœur, celui que je voulais lui donner à son retour.

Quand je l'ai quitté, il pleurait encore. Je pense qu'il avait des plans pour nous deux. C'est en voyant les deux valises vides que j'ai compris que mon frère était venu pour me chercher. Il venait me chercher pour que j'aille vivre avec lui sur la planète des fruits. Mon frère devra retourner là-bas sans moi.

Une chèvre verte violoniste m'a pris par la main. Je suis parti avec elle. En chemin, elle m'a demandé : « Savais-tu que lorsqu'on meurt, il arrive que l'on revoie les moments importants de sa vie ? »

J'ai répondu : « Oui. C'est ce que je viens de faire. »

AGMV Marquis

MEMBRE DU GROUPE SCABRINI

Québec, Canada
2001